A PRIMEIRA PESSOA

ADRIANO DE PAULA RABELO

A PRIMEIRA PESSOA

Duas histórias

MINOTAURO

A PRIMEIRA PESSOA
DUAS HISTÓRIAS

AUTOR: Adriano de Paula Rabelo

DIRETOR DA ALMEDINA BRASIL: Rodrigo Mentz
EDITOR DE CIÊNCIAS SOCIAIS E HUMANAS: Marco Pace
ASSISTENTES EDITORIAIS: Isabela Leite e Larissa Nogueira

REVISÃO: Sol Coelho
DIAGRAMAÇÃO: Almedina
DESIGN DA CAPA: Roberta Bassanetto

ISBN: 9786587017501
Abril, 2022

Dados Internacionais de Catalogação na Publicação (CIP)
(Câmara Brasileira do Livro, SP, Brasil)

Rabelo, Adriano de Paula
A primeira pessoa : duas histórias / Adriano de
Paula Rabelo. -- São Paulo : Minotauro, 2022.

ISBN 978-65-87017-50-1

1. Ficção brasileira I. Título.

22-99404 CDD-B869.3

Índices para catálogo sistemático:
1. Ficção : Literatura brasileira B869.3
Maria Alice Ferreira - Bibliotecária - CRB-8/7964

Este livro segue as regras do novo Acordo Ortográfico da Língua Portuguesa (1990).

EDITORA: Almedina Brasil
Rua José Maria Lisboa, 860, Conj.131 e 132, Jardim Paulista | 01423-001 São Paulo | Brasil
editora@almedina.com.br
www.almedina.com.br

“Paz, finalmente, é a assunção – mais do que dolorosa, porque crucificadora – de que nós, os humanos, somos carcaças feitas de tempo, marcados pela finitude, que constitui nossa dimensão mais radical. Paz é a possibilidade de nos sabermos sem rancor excessivo, falíveis, finitos, limitados, necessariamente ultrapassáveis. Ela exige, portanto, aceitação – e reverência – do que é novo e dessemelhante, pela consciência que devemos ter de que jamais possuiremos, a respeito de coisa alguma, a última palavra. Paz é coragem de pôr-se de acordo com a verdade, a justiça, a liberdade. E como a verdade, a justiça e a liberdade implicam a existência dos outros, paz é coragem de *con-sentir* na existência deles, inferno muitas vezes, escândalo quase sempre, mas porto e destino de tudo o que é humano.”

Hélio Pellegrino em “Os tumultos da paz”

Para
Maria Helena,
Elaine,
Elvis,
Ivacy,
Cleionário:
meus amigos.

ANGÚSTIA EM PRIMEIRA PESSOA

PEDRO PAULO DE AMORIM RUIZ*

Talvez indeciso quanto à classificação das narrativas que compõem este volume, Adriano de Paula Rabelo preferiu defini-las, de maneira vaga, como "duas histórias". Por sua extensão, elas se aproximam da novela. Mas podem ser consideradas também como romances breves ou contos longos. No fundo, isso não tem muita relevância. O que importa é a força expressiva do escritor e o impacto que provoca na sensibilidade dos leitores.

O título escolhido para enfeixar os dois relatos já intriga e faz pensar. Afinal, quem é a primeira pessoa em questão? Será o narrador, que conta e avalia acontecimentos protagonizados por ele? Será a figura que ele se tornará depois de enfrentar uma série de tribulações? Será a mulher amada e perdida traumaticamente, como acontece nas duas histórias? Será o amigo ou o familiar a quem se pode recorrer nas horas mais difíceis, pois estará do nosso lado de modo incondicional? Será mesmo uma *persona* coletiva hostil que representa a insensibilidade social

* Doutorando em Estudos Literários.

aos sofrimentos individuais? Pode ser tudo isso, dependendo do que se ressalte na leitura que se fizer destes dois textos. Portanto, estamos diante de um título marcadamente polissêmico.

Ao ler a primeira história, “Absolvição”, pensei de imediato em duas outras narrativas que tematizam casos de amor entre professor e aluna, uma delas pertencente à literatura brasileira moderna e outra à literatura de repercussão internacional recente. Trata-se de *Abdias*, de Cyro dos Anjos (1945), e *Desonra*, do sul-africano J.M. Coetzee (1999). A novela de Rabelo tem em comum com o romance de Cyro dos Anjos a paixão verdadeira do protagonista por sua pupila, da qual decorre toda uma derrocada familiar. Já com o romance de Coetzee, ela partilha o questionamento dos aspectos éticos em torno desse tipo de relação, bem como a violência nas relações sociais presente no cotidiano de dois países “emergentes” como a África do Sul e o Brasil. “Absolvição”, no entanto, é um trabalho original e muito diferente desses dois grandes romances. Por meio de uma escrita dinâmica e emocionada, o professor de filosofia Renato Sartori, narrador-protagonista autoexilado na Alemanha, reflete sobre a história de amor que manteve com sua aluna, Marina, ao longo do ano letivo anterior. Seu caso revela toda uma problemática em evidência em nossa época: a crise do modelo burguês de família, o ciclo breve, mas intenso, dos relacionamentos amorosos, a morte da privacidade, as vantagens estruturais do sexo masculino e do fenótipo branco na sociedade brasileira, os julgamentos morais sumários e o assassinato de reputações, na internet ou a partir dela, por parte das massas ressentidas. O título desta história também se caracteriza pela multiplicidade de sentidos: o narrador, absolvido num processo administrativo na universidade em que vinha construindo sua carreira profissional, distancia-se dela, de seus detratores e das pessoas que ama também em busca de uma absolvição pessoal, existencial, na crise que eclode aos seus 35 anos de vida. A narrativa de suas tribulações é uma espécie de confissão com o fim de se obter o perdão para seus possíveis erros, atitude muito coerente numa cultura dominante formada dentro do universo cristão de base católica.

Já "Quase tudo, quase nada", o segundo texto deste livro, lança luzes sobre outras questões graves desta época em que vivemos todos sob pressão: o abatimento moral, a depressão, o uso de drogas lícitas ou ilícitas para tentar aplacar a angústia existencial, o suicídio. Com um início bastante insólito e um desfecho que retoma um costume inusitado do protagonista em suas horas de aflição, retomando também suas concepções peculiares sobre a relação amorosa, esta é uma história sobre a fragilidade da condição humana, sobre como a desagregação e a morte podem sobrevir a qualquer momento, sobre como o germe da autodestruição é ativado em alguns de nós. Neste caso, nem há explicação possível. Qualquer tentativa de compreensão resultaria no vazio. Ao final, resta a perplexidade do narrador após a morte de sua companheira, bem como a necessidade imperativa de seguir a vida. Ele nem chega a revelar o próprio nome, como se pudesse ser qualquer um de nós.

Um aspecto em relação ao qual o leitor deve ficar atento diz respeito aos nomes que o autor escolheu para seus personagens, os quais não me parecem nada casuais: Renato, Marina, Samara, Benício, Fabiano, Lisandra, Patrick, Marcela... todos muito significativos em relação a suas personalidades e suas ações.

Nestas duas narrativas, Adriano de Paula Rabelo retrata, com argúcia, seres humanos e problemas reais. Como se sabe, o homem contemporâneo, enredado nas superestruturas do mundo – que por demasiado grandes e complexas nenhum de nós tem a capacidade de compreender –, é um ser frágil, partido, muitas vezes incoerente em sua maneira de agir, desprovido de certezas e convicções, inseguro. As próprias narrativas atuais se caracterizam por sua abertura, não se fechando num significado preciso, facilmente identificável. É como se as histórias não tivessem desfecho, pois deixam soltas várias linhas de sentido, tal como a vida mesma. Além disso, na literatura contemporânea costuma haver uma ênfase na continuidade do fluxo existencial, apesar (ou justamente por causa) das coisas terríveis que podem nos suceder.

Nas duas novelas reunidas neste volume, os narradores não apenas se mostram incapazes e inscientes para lidar com a crise que vivenciam, como confessam francamente a própria fraqueza. Ainda uma vez a confissão como forma de se obter o perdão, estratégia de reconciliação consigo mesmos que parece bastante arraigada em nossa cultura.

Estes são apenas alguns aspectos que ressaltam na leitura de *A Primeira Pessoa*, livro que revela um escritor de grande sensibilidade, maduro para a produção de obras mais ambiciosas. Pela forma como vem se desenvolvendo a trajetória literária de Adriano de Paula Rabelo, é de se prever que em breve o romance haverá de se realizar como a parte mais substancial de seu trabalho de criação. Aguardemos.

SUMÁRIO

ABSOLVIÇÃO

1

Nesta parte final de um março berlinense, os dias começam a ficar menos frios e mais longos, com o um sol tímido alternando-se com a garoa insistente dos dias ainda cinzentos. De todo modo, as primeiras flores começam a brotar aqui e ali, nos parques e jardins da cidade. Quisera eu que, das trevas em que mergulhei, estivesse emergindo agora, como na paisagem e na atmosfera de Berlim, uma nova primavera.

Por que estou aqui? O que estou fazendo aqui? Foi a solução encontrada ao fim do processo administrativo que decidiu por meu afastamento da universidade, no Brasil, pelo período de dois anos. A conselho de meu colega Fabiano, do Departamento de Filosofia, vim para realizar um pós-doutorado, tanto para me ocupar ao longo desse tempo como para me manter longe do turbilhão em que me envolvi, até que o tumulto vá perdendo força e vá sendo esquecido.

Será tempo também de me manter distante do turbilhão de emoções de Samara e Marina – que não querem mais falar comigo nem me ver –, enquanto elas também buscam se restabelecer a seu modo. Com Samara ficou Benício, na castidade de seus dois anos nesta vida, inconsciente da desordem que despedaçou sua família e lançou seu pai para este outro lado do mundo. Não o vejo há seis meses e dele nem pude me despedir, aconselhado que fui a não o procurar, para não agravar o estado psicológico de sua mãe.

Será, por fim, tempo de me manter apartado de Marina, para que esta história encontre seu desfecho pelo simples silenciamento, pela discreta supressão das causas da agitação que nos arrebatou; tempo de provocar uma revoada dos abutres que os miasmas dessa agitação atraíram.

Cheguei aqui na segunda semana de janeiro, pouco depois da virada de um ano infernal. Fazia um frio de -2°C quando deixei o aeroporto em direção ao pequeno apartamento que agora ocupo em Niederschönhausen, esse nome intrincado de uma área situada ao norte da cidade. Os parques e a beira das calçadas estavam cobertos de neve, e o dia já estava escurecendo por volta das 3h00 da tarde. Uma nevasca devia ter caído durante a noite anterior. Para um brasileiro, este será sempre espetáculo fascinante no começo e muito desconfortável na sequência dos dias gelados, da atmosfera cinzenta e das pessoas que passam encapotadas em sua seriedade apressada.

No Brasil, na noite anterior, Fabiano me levara ao aeroporto, depois das semanas que passei praticamente escondido em sua casa. Animado e falante, ele buscava me dar algum alento para que eu pudesse enfrentar o inverno europeu e a solidão de estrangeiro a partir da manhã seguinte. Dizia-me que o pós-doutorado seria uma oportunidade de me aperfeiçoar no pensamento de Nietzsche, tema de minha pesquisa na terra do próprio filósofo, além de aprimorar meus conhecimentos da língua alemã. Afirmava que eu voltaria de lá com mais um livro a ser publicado e com um lastro acadêmico mais qualificado, podendo me candidatar a professor titular na primeira oportunidade. Falava ainda na conveniência de eu ficar distante da universidade pelo período de dois anos, podendo mesmo negociar uma extensão por mais um ano, se o quisesse. Seria o tempo de a poeira baixar e até mesmo de os alunos do terceiro ano se formarem, de modo que minha volta haveria de representar o início de uma vida nova. Seria o tempo também de a raiva de Samara ser aplacada, para podermos no mínimo nos relacionar civilizadamente, ainda que a distância. Tempo ainda de Benício crescer um pouco mais, tornar-se mais independente da mãe e se apegar ao pai. Por fim, dando-me uma cotovelada amiga e piscando um olho, ele asseverava que seria o tempo de eu, em suas palavras, "deitar e rolar com a carnadura abundante das valquírias alemãs".

Querido Fabiano! Durante todo o tempo em que baixei aos infernos e lá permaneci, ele esteve a meu lado e me deu o suporte necessário para que eu não me perdesse em definitivo. Analisou comigo o estado de coisas, confrontou moralistas na universidade e boçais na esfera pública virtual, tentou intermediar comunicações entre mim e Samara, entre mim e Marina, retirou-me do olho do furacão quando eu flutuava à tona da vida, como um náufrago.

Ontem completei 35 anos. No meio do caminho da vida, também me encontro numa selva escura, porém com a sensação de nunca haver trilhado a via correta, se é que ela existe. Acordei um pouco mais tarde e fiquei na cama, pensando no sentido e na falta de sentido de estar aqui sozinho. Enquanto o vento roçava a janela, preparei o café e o tomei contemplando, a curta distância, pela porta de vidro da sacada, o parque vizinho, com seu bosque de árvores desfolhadas, seus grupos de patos encolhidos à beira do lago, um senhor que passeava com seu cachorro por uma das trilhas. Pela janela do quarto, que dá para a movimentação matinal rumo ao centro da cidade, eu já havia vislumbrado os carros e os pedestres que se dirigiam para seus compromissos de meio de semana.

Terminado o café, sem tirar o pijama, passei quase todo o dia de meu aniversário lendo ensaios sobre o pensamento de Nietzsche, para quem "é preciso ter um caos dentro de si para dar à luz uma estrela brilhante". Se é assim, a vida ainda haverá de me outorgar essa estrela, depois de todo o meu mundo haver se desorganizado em violência e incompreensão.

Ainda não tenho nenhum amigo aqui. Muito menos alguma valquíria de abundantes atributos, de loiras perspectivas. Na verdade, se alguma delas me aparecesse neste momento, me encontraria inteiramente despreparado para qualquer tipo de relacionamento, seja "sério", seja "casual". Até minha libido anda em baixa. Nestes primeiros tempos, tenho apenas a formalidade da relação profissional com o supervisor de meus trabalhos na Universidade Livre, um homem polido mas distante. Aliás, como tinha de ser.

De vez em quando, em geral nos fins de semana, passeio minha solidão pelas ruas, parques e bares de Berlim. Outro dia, conversei com um sujeito de uns 50 anos que tomava um enorme caneco de cerveja a meu lado. Ao me saber brasileiro, quis falar de futebol e elencou todo o time do Brasil na Copa do Mundo de 1982. Era mais um fã daquele meio de campo: Toninho Cerezo, Falcão, Sócrates e Zico. Lamentou que nenhum deles jamais houvesse jogado por algum clube alemão, tendo os quatro ido parar na Itália, onde o futebol estava mais bem estruturado na época. À parte a estereotipada associação do Brasil com futebol, carnaval, praias, sensualidade etc., foi bom quebrar o gelo na interação com uma pessoa daqui, deixando de remoer, por algum tempo, minhas paixões e meu ridículo. Como retribuição por aquela simpatia futebolística pelo Brasil, enquanto eu mesmo me encharcava com um jarro de cerveja, falei sobre o 7x1 no Mineirão, em 2014, e também sobre Neuer, Lahm, Schweinsteiger e Kroos, infelizmente mais próximos de minha memória futebolística. Mas para o Hans ou Fritz a meu lado – não me lembro mais do seu nome – este quarteto campeão mundial, embora muito bom, não chegava nem aos pés do brasileiro. Aliás, nem sequer formava um meio de campo, muito menos um meio de campo perfeito como aquele de 82. Era a Europa curvando-se novamente ao Brasil, o que é sempre um afago em nosso ego vira-lata.

Voltei para casa a pé, pensando em Benício a meu lado, no sofá, assistindo comigo ao jogo no dia em que o Brasil foi massacrado na Copa do ano passado. Bem-aventurado o meu filho que, por muito pequeno ainda, dormiu tranquilamente com sua imunidade ao sentimento pós-explosão da bomba de Hiroshima que tomou conta do país quando perdemos a Copa do Mundo em casa, daquela forma. Ao chegar, abri a porta do apartamento com a sensação de que o Brasil pode perder todas as Copas pela eternidade afora, contanto que eu ainda possa jogar futebol com meu filho, ler com ele e para ele, buscá-lo na escola... simplesmente ser seu pai.

2

O *campus* da Universidade Federal é, em si, uma cidade dentro da cidade. Até o fim do ano passado, eu o frequentei quase todos os dias, ao longo de uma parte extensa de minha vida, desde o fim da adolescência, de modo que ele passou a constituir minha própria identidade pessoal, profissional e de cidadão do meu país. Foram quatro anos na graduação, três no mestrado e quatro no doutorado, antes de meus seis anos como professor no Departamento de Filosofia. Engatei todas essas etapas com intervalos muito curtos entre uma e outra. Portanto, estive sempre lá, como um bicho em conexão profunda com seu *habitat*.

Ali eu fiz muitos amigos que atravessaram os anos. O próprio Fabiano, dois anos mais velho que eu, conheci-o durante um curso para os créditos do mestrado. Ali conheci também Samara, no último ano de minha graduação, num evento musical ocorrido na praça central. Ela estava no terceiro ano de Psicologia, tão ansiosa para sair da academia quanto eu estava por permanecer naquele ambiente onde me sentia tão bem. Por isso, fui logo para a pós-graduação, enquanto ela foi para o mercado de trabalho assim que se formou. Ali tive professores maravilhosos que marcaram minha formação intelectual e se colocaram desde logo como referências para o professor, pesquisador e escritor que eu desejava ser. Ali, se não diversas gerações, ao menos turmas diversas de uma mesma geração de alunos passaram por meus cursos, acompanharam minhas palestras, vieram ao lançamento de meu livro, participaram dos debates em torno de temas com abordagem filosófica, nos quais tomei parte. Alguns desses alunos estiveram mais próximos de mim, seja nas orientações de trabalhos de conclusão de curso, seja nas três dissertações de mestrado e uma tese de doutorado que orientei ou estava em processo de orientação. Ali conheci Marina.

Eu me lembro exatamente do dia em que meu caminho se cruzou com o de Marina. Foi numa segunda-feira, primeiro dia de aula, na primeira semana de março do ano passado. Depois de algum tempo trabalhando com alunos dos últimos anos, voltaram a designar-me para uma turma de segundo ano, com "História da Filosofia Medieval I", curso que passaria rapidamente por uma introdução, com o pensamento dos padres apostólicos e apologistas, detendo-se em seguida no período que vai do século IV ao VIII, no Império Romano do Oriente e na Europa. Os chamados pais da Igreja, que interpretaram as Escrituras, estabeleceram a doutrina e registraram a tradição sagrada eram as figuras com as quais conviveríamos ao longo do primeiro semestre do ano. Santo Agostinho seria a grande estrela desse firmamento. No segundo semestre, eu mesmo conduziria uma "História da Filosofia Medieval II", que abrangeria os séculos IX a XVI, centrando-se na filosofia escolástica, muito especialmente nas ideias de São Tomás de Aquino.

Por haver sido retido por Fabiano na sala dos professores, atrasei-me cerca de dez minutos. Quando entrei na sala, a algazarra dos alunos cessou quase que por um passe de mágica, como costuma acontecer, e todos se sentaram para receber o programa, ouvir as primeiras instruções e fixar as datas para as avaliações. Como gosto de estabelecer um relacionamento informal e ameno com os estudantes, fiz também uma apresentação bem-humorada sobre quem sou, assim como sobre minhas expectativas em relação ao desenvolvimento do curso. Da mesma forma, pedi a cada um deles que se apresentasse, dizendo o nome e falando sobre suas expectativas em relação a uma disciplina que exploraria um período já tão distante na história da filosofia, distante também de nossa realidade posterior à morte de Deus.

Marina estava sentada numa carteira na frente, bem diante de mim. Sua apresentação e suas expectativas não foram muito diferentes do convencional. Tinha interesse pela Idade Média e pela Igreja como instituição dominante naquele período. Mas, diferentemente dos outros alunos, mencionou seu interesse pelo pensamento do escolástico Pedro Abelardo, de quem trataríamos no segundo semestre. Apesar disso, não foi nesse momento que ela começou a chamar minha atenção. Estava ainda diluída na massa dos muitos estudantes que passam pela universidade todos os anos.

As aulas de meu curso ocorreriam duas vezes por semana, segundas e quartas-feiras, das 9h20 às 11h00 da manhã. Tudo começou como começam todos os cursos de história da Filosofia, ano após ano, com a exposição do contexto em que as ideias dominantes surgiram e se estabeleceram e a leitura crítica das obras mais significativas do período, sempre com a noção de progressão temporal a nortear o desenvolvimento da disciplina, pois acredita-se que assim as coisas funcionem melhor do ponto de vista didático. De pé, passeando por entre os corredores entre as filas de carteiras dos alunos, eu explorava o tema da aula falando por cerca de uma hora. Em seguida, abria-se a possibilidade de os alunos fazerem perguntas e comentários. Nesse momento, vários deles costumavam levantar a mão, solicitando vez de falar. Pediam esclarecimento de conceitos, faziam relações com a filosofia da Antiguidade ou mesmo com questões da contemporaneidade, debatiam, discordavam entre si. Ao final da aula, era comum que eu fosse rodeado por seis a oito alunos que ainda desejavam esclarecer algum ponto, completar um comentário, pedir alguma indicação bibliográfica. Em geral, o que mais fascinava os melhores alunos era o contraponto entre o pensamento medieval e o agnosticismo, típico do nosso tempo, em relação à metafísica, aos valores, ao conhecimento

Até quase o fim do primeiro semestre, a figura de Marina, com a cintilância dos seus 20 anos, não havia me chamado a atenção de nenhum modo especial. Ela estava entre os alunos que mais liam sobre os tópicos do curso e mais participavam dos debates. Quase sempre estava também entre aqueles que me cercavam ao final da aula. Mas era apenas uma boa aluna, como outros estudantes também o são. As coisas começaram a mudar quando se aproximava a última semana do semestre acadêmico, na qual um ensaio de quatro a oito páginas sobre um tema do curso deveria ser entregue como última atividade de avaliação. No final do mês de maio, ela veio conversar comigo, a fim de me pedir que recebesse seu trabalho na penúltima semana, pois estaria em viagem na data marcada para a entrega dos textos. Marina era cantora num grupo de música popular brasileira e faria apresentações no interior dos estados de São Paulo e Minas Gerais, já no embalo dos festivais de inverno que começavam. Quando me contou isso, eu brinquei: "Com essa voz e essa personalidade, você será uma nova Elis Regina!". Ela riu meio sem graça, mas de cabeça erguida, achando talvez – erroneamente – que eu desdenhava de sua atividade musical; e eu permiti que sua avaliação fosse entregue com antecipação.

O último mês do primeiro semestre correu como tinha de ser, com as aulas tomadas pela leitura analítica das *Confissões* e da *Cidade de Deus*, de Santo Agostinho, com as pesquisas dos alunos e a entrega de seus trabalhos com níveis de qualidade variados. Embora o de Marina não estivesse entre os melhores, talvez pela pressa com que fora escrito, estava entre os bons, tendo recebido uma nota bastante honrosa, algo em torno de 80% dos pontos possíveis, um pouco mais, na realidade.

Vieram as férias de julho, quando os alunos desaparecem do *campus* por um mês ou um pouco mais. Eu mesmo pude estar mais tempo em casa, descansando das tensões e do aumento de trabalho nas semanas finais do semestre, na companhia de Samara e Benício, entre leituras e alguma escrita. Muito apegado a mim, meu filho, que meses antes começara a andar, entrava pela biblioteca tão logo acordava, em busca de brincadeiras com o "papai". Depois de ele se preparar e tomar a refeição da manhã, eu costumava levá-lo ao parquinho do bairro, sentado em meus ombros, dando-lhe explicações sobre tudo o que víamos pelo caminho, pois lá do alto ele via todas as coisas do mundo pela primeira vez. Samara estava ansiosa pela viagem que faríamos ao norte de Portugal e à Galícia, ao longo de dez dias, na segunda metade do mês: Porto, Braga, Vigo e Santiago de Compostela.

Foi um julho idílico, que não deu nenhuma indicação da tormenta que estava por chegar. A própria viagem ao noroeste da Ibéria foi uma oportunidade de evasão da parte mais árida de meu trabalho e do trabalho de Samara, além dos pequenos mas persistentes aborrecimentos do dia a dia da vida tributável de classe média numa cidade grande do Brasil: o trânsito caótico, a insegurança das ruas, a miséria explícita debaixo dos viadutos, a grosseria reacionária de parte da mesma classe média a que pertencemos. Para Benício, seria ocasião para ver coisas ainda mais inéditas, até mesmo a nossa língua falada de maneira diversa, o que despertou nele bastante curiosidade.

Alugamos um carro e fizemos o trajeto entre as quatro cidades de nosso roteiro, que estão próximas, de modo mais rápido e mais confortável do que se o percorrêssemos de ônibus ou trem. Nos dois dias que passamos em Braga, Samara exultou com passeios que fizemos a lugarejos fora da cidade, às margens do rio Cávado. De um deles, Amares, partiu para o Brasil, no fim do século XIX, um longínquo bisavô seu, um Gonçalves qualquer sem registro na história social, mas a quem ela deve a herança de trabalho e esforço pessoal que marca a narrativa da história de sua família. Benício, alheio a seu recentíssimo passado, ainda mais alheio a seu antepassado, em geral dormia no trânsito para esses lugares. E nesses lugares se interessava apenas pelos cães e passarinhos locais.

Quando estávamos em Vigo, em nosso primeiro dia no território espanhol, recebi uma longa mensagem de Marina em meu e-mail institucional, com a sigla da universidade, pelo qual os alunos se comunicavam comigo durante o curso, a fim de resolver dúvidas relacionadas às aulas e avaliações. Dizia estar na cidade de Ribeirão Preto e que partiria para Uberlândia no dia seguinte, em seu périplo de shows. Elogiava meu curso e falava do quanto o pensamento de Santo Agostinho vinha servindo como referência para que ela refletisse acerca da compulsão da felicidade e do sucesso na cidade dos homens que habitamos. Por fim, discorria algo confusamente sobre seus sentimentos, mencionando solidão, frustração com os rapazes de sua geração, relações superficiais típicas do mundo de hoje, cultivo de valores mais sólidos e mais autênticos. Ao final, essas coisas vagas se tornavam ainda mais vagas quando elogiava minha habilidade em criar uma atmosfera agradável para a fruição intelectual-passional da filosofia dentro da aridez burocrática dos processos dentro da academia, com seu controle de presença, provas, notas, relatórios, reuniões. Mas sugeria que muita coisa se passa nas complexas relações entre as pessoas numa sala de aula de que eu não me dou conta, sem explicitar exatamente do que se tratava.

Houve os outros quatro dias na Galícia, na mesma toada dos que vivenciei com minha companheira e meu filho ao longo dos dias passados no norte de Portugal. Com Benício instalado em meus ombros, fizemos diversos passeios a pé pelas ruas, praças, museus e igrejas de duas pequenas cidades com uma rica história. Apesar de o cansaço começar a surgir, Samara continuava empolgada com aquele momento em que o nosso pequeno grupo familiar estava voltado para si mesmo, no isolamento prazeroso de uma viagem longamente desejada, em lugares que significavam tanto para sua identidade. De todo modo, ela às vezes me deixava impaciente com o tempo que gastava comprando roupas iguais às que compraria no Brasil, além de objetos que só serviriam como acréscimo às quinquilharias de nossa casa.

Por um ou dois dias, no hotel, pensei vagamente na mensagem de Marina e cheguei mesmo, uma ou outra vez, a fazer uma busca com seu nome, na internet. Lá estavam seu perfil numa rede social, fotografias e vídeos de seu trabalho como cantora no grupo musical, sua trajetória como estudante de filosofia. Certamente não me dou conta de um mundo de coisas que se passam em minhas relações com os alunos e deles entre si. Mas a que Marina se referia ao mencionar isso? Como, naquele retiro com minha esposa e meu filho, as ondas do mar de Vigo ou os mistérios de Santiago não convidavam a uma reflexão sobre esse tema, não pensei mais nisso.

Retornamos para o Brasil no penúltimo dia de julho. Já no dia 3 de agosto começaria o segundo semestre letivo e meu curso "História da Filosofia Medieval II".

3

Samara. Quando a conheci, eu tinha 23 anos. Pouco depois, graduei-me em Filosofia e tive minhas primeiras experiências como professor, ensinando História numa escola pública. Mais alguns meses e iniciei um mestrado dedicado ao pensamento de Schopenhauer. Ela formou-se um ano depois de mim e passou logo a atuar como psicóloga organizacional e do trabalho na mesma empresa onde fez estágio. No começo, ao longo do primeiro ano de nossa convivência, ficávamos juntos de modo intermitente. Eu tinha meus amigos e ela tinha os seus, muitos deles também alunos da própria universidade, com quem partilhávamos com mais frequência nossos programas de jovens na disponibilidade dos vinte e poucos anos. Foi quando entrei para o mestrado que passamos a nos encontrar regularmente. Foram quase seis anos de um relacionamento estável, embora pontuado por desentendimentos acerca do consumismo de Samara e meu temperamento retraído, algumas vezes irritadiço. Às vésperas de completar meus 30 anos, já trabalhando no Departamento de Filosofia, e ela já construindo uma carreira na psicologia organizacional, tendo mudado para uma empresa maior, fomos viver juntos. Pouco mais de dois anos depois ela engravidou. No ano seguinte veio Benício. Depois que ele nasceu, oficializamos nosso casamento no âmbito civil.

Ao longo de toda essa história, fui um companheiro fiel. Apenas uma ou outra vez, ainda no começo de nossa relação, em festas no *campus*, em companhia dos colegas de curso, troquei alguns beijinhos inconsequentes com alunas ali disponíveis. Mas quando o namoro engatou de vez, não mais me interessei por outras moças, nem mesmo a ponto de partilhar com elas esses beijinhos.

Eu realmente fui muito apaixonado por Samara nos primeiros anos. Sempre a amei e a respeitei. Da mesma forma, ela também sempre me amou e me respeitou. A lealdade entre nós, por pressuposta, nem chegava a ser tema de nossas conversas. Antes de conhecê-la, eu já tinha tido dois relacionamentos curtos e superficiais, além de alguns casos desses que se desfazem depois de um ou dois encontros. Ela, no entanto, era alguém que vinha de um meio social semelhante ao meu, estava num momento da vida em que, como eu, afirmava-se como pessoa adulta, independente, e possuía uma personalidade forte, com clara ascendência sobre mim. Era natural que, na virada dos 30 anos, tomássemos o caminho do casamento e da composição de uma família, ainda mais com a ascensão que íamos conquistando em nossos trabalhos e com nossos rendimentos de classe média, que nos permitiam uma vida materialmente tranquila, sem privações, podendo mesmo usufruir de alguns luxos.

O nascimento de nosso filho foi um evento esperado, desejado ao longo de alguns anos, desde que passamos a ter em vista possuir a nossa casa e uma vida comum. Tudo seguia, portanto, um curso “normal”. Tudo fluía em conformidade com o projeto de vida que íamos desenvolvendo. Seguíamos ligeiramente aburguesados, estáveis, com todos os problemas básicos resolvidos. Era só seguir em frente em nossos papéis como protagonistas de um casamento feliz, ver nosso filho crescer e ajudá-lo a realizar suas potencialidades, talvez até ter outro filho, envelhecer juntos como dois seres "bem-sucedidos" na sociedade competitiva da qual nos tocou fazer parte, num país em que tantos vivem tão mal. Era só envelhecer e morrer em paz quando a hora chegasse.

Eu amava Samara e também me sentia comprometido com a vida que escolhi passar a seu lado. É verdade que seu temperamento às vezes me sufocava pelo controle que ela exercia sobre quase tudo em nossa casa e em nossa relação. É verdade que sua mania de estar sempre comprando alguma coisa – roupas que nunca usava, sapatos para mim conforme o seu gosto, utensílios sempre novos para a casa, uma cornucópia de brinquedos para Benício – me exasperava. É verdade que o ar de superioridade com que costumava tratar as pessoas mais humildes me soava inaceitável, ainda mais pelo fato de nós dois termos vindo de famílias de classe média baixa, não muito distantes da condição dos porteiros, garçons, faxineiras, jardineiros e babás que ela agora tinha na conta de desqualificados, embora não verbalizasse isso de maneira explícita. Mas Samara era determinada, tinha clareza de objetivos e método para conseguir o que queria. Era uma pessoa honesta, que não contemporizava com nada que recendesse ao embuste ou à mentira.

Juntando o período de namoro e o casamento, estávamos juntos fazia quase doze anos. Durante esse tempo, vínhamos sendo razoavelmente felizes. Tínhamos um filho pequeno para criar e encaminhar nos meandros da vida, um filho cujo percurso seria por certo bem menos difícil que os que tivemos de trilhar. Nossas duas famílias nos tinham em alta conta, assim como nossos amigos. Éramos profissionais reconhecidos em nossos campos de atuação, apesar de ainda termos muito por realizar. Em suma, nada nos faltava.

Ou faltava?

Faltava. Somos seres da falta, sempre em busca de um preenchimento que nos confunde e às vezes nos perde. Se fôssemos autômatos programados, seríamos de uma coerência infalível. Na desordem da nossa liberdade, estamos sempre diante da abertura de novas fronteiras, acossados por um enxame de novos desejos. A falta que me engoliu se manifestou neste ponto crucial da vida em que eu ainda sou jovem demais para ser velho, ao mesmo tempo em que já sou velho demais para ser jovem. Se juventude ainda me resta, ela está ficando para trás rapidamente, muito mais rapidamente que dez ou quinze anos atrás. É óbvio que as coisas sempre foram assim, mas são muito mais assim aos 34, 35, 39 ou 43 anos...

Neste momento, sozinho e distante, alquebrado pelo baque de uma queda imprevista, sou a própria consciência de como podemos perder tudo a qualquer momento, da facilidade com a qual alguém que nos ama passa a nos odiar num átimo. Depois de haver baixado aos infernos, este é o estágio no purgatório anterior a uma vida nova que, não sendo nenhum paraíso, será pelo menos de maior conhecimento de mim mesmo e dos outros, em especial de minhas faltas, de nossas faltas.

Samara está agora no Brasil, com Benício. Ainda tentei falar com ela por intermédio de Fabiano, para poder me despedir meu filho. Mas isso não foi possível. Com suas razões inflamadas, com sua fúria de fera em seu próprio território, com o filhote só seu, ela não permitiu que eu desse em meu menino o beijo de adeus. Por tudo o que passei, por tudo o que ela passou, por tudo o que Benício ainda passará, decidi não envolver advogado e uma petição para fazer valer meu direito na Justiça. Ainda que o quisesse, nem tempo haveria para que uma decisão favorável do juiz fosse tomada antes que eu tivesse de cruzar o Atlântico. E ainda que houvesse esse tempo eu não desejaria agregar mais sofrimento às lágrimas e aos insultos de Samara.

4

Há algo que seduz na figura do professor, apesar de ele estar hoje tão desvalorizado em decorrência da própria desvalorização do conhecimento que ele encarna, simboliza e promove. Na adolescência, ainda peguei um tempo em que os meninos e meninas eram estimulados a admirar homens e mulheres inteligentes e talentosos, capazes de realizar algo significativo a partir da força de seus intelectos. Até que as coisas foram mudando, e as referências dos mais jovens passaram a ser os "bem-sucedidos", tipos associados à simples capacidade de ganhar dinheiro e exercer poder, ainda que a custa do logro, da exploração, da humilhação dos que ficam "abaixo". Como expressão desse poder de base monetária, os "bem-sucedidos" devem também exercer a visibilidade, esse sacramento dos "vencedores" de hoje, exibindo toda uma parafernália de roupas, carros, imóveis, viagens e corpos estereotipados.

O que seduz no professor, mesmo no império anti-intelectualista do arrivismo "bem-sucedido", continua sendo sua abertura para o questionamento e o debate, sua capacidade de gerar interesse por assuntos variados, enxergando o mundo por prismas diversos; sua eloquência de gestos e palavras. No caso do professor de filosofia, isso é elevado à quinta potência.

O segundo semestre letivo do ano passado começou como costuma começar ano após ano. Lá estavam as salas cheias, os alunos na expectativa por vencer mais uma etapa de sua formação, os problemas de sempre: estudantes sobrecarregados, alguns deprimidos, insatisfações com a burocracia universitária, nível de leitura e cultura humanística deficiente por parte de muitos deles, comprometimento precário com os estudos por parte de alguns. Mas também lá estavam alguns alunos excelentes, a empolgação diante das novas descobertas, o entusiasmo com os grandes pensadores do passado que iluminam o presente, a universidade resistindo à banalidade da sociedade do espetáculo, à cultura do entretenimento vazio.

Lá estava eu, às voltas com a "História da Filosofia Medieval II", tratando, dentro das sessenta horas previstas para curso, de um sistema de pensamento que se formou, teve seu auge e seu ocaso ao longo de 500 anos. Nele, Santo Tomás de Aquino era um sol em torno do qual giravam Escoto Erígena, Santo Anselmo, Duns Scot, Guilherme de Ockham, Roger Bacon, Pedro Abelardo, Bernardo de Claraval e Jean Buridan, com Aristóteles e a Bíblia no horizonte de todos. Tratava de conceitos e valores muito distintos e muito distantes dos que são cultivados em nossa época, de homens que dominavam uma cultura vastíssima num tempo em que o acesso ao saber era tão restrito e tão difícil. Conceitos claros, valores sólidos, informação absorvida na forma de conhecimento, noções de beleza, de centralidade, de sentido da vida muito contrastantes com as que estão hoje em voga. Justamente por isso, o pensamento escolástico funcionava, entre meus alunos, como um referencial para que pudessem pensar sobre as virtudes e as debilidades de nosso tempo.

Caminhando entre as fileiras de alunos, eu passava uma hora palestrando sobre os principais aspectos da filosofia escolástica e do que pensavam seus principais representantes. Os alunos podiam me interromper com questionamentos e comentários. Na última meia hora, numa espécie de debate, analisávamos um problema da sociedade medieval sob a ótica do escolasticismo, buscando compreender como ele tentou conciliar a fé cristã com o pensamento racional herdado da Grécia antiga.

Marina estava sempre lá, sentada na primeira carteira da terceira fileira. Eu tratava daqueles temas com entusiasmo, e a maioria dos alunos respondia com bastante engajamento nas aulas. Havia uma energia que fluía de mim para eles e deles para mim. Marina me olhava com seus olhos grandes e redondos, negros e ligeiramente fundos. Ria de algumas blagues que eu soltava aqui e ali para quebrar, por instantes, a seriedade de nosso tema e dar um respiro à minha audiência. E me olhava como se bebesse minhas palavras. Curiosamente, ela estava sempre entre os que vinham à minha mesa no fim da aula, mas não era muito de me fazer perguntas durante minha exposição nem de intervir nos debates da última meia hora. Suas perguntas e comentários em geral ocorriam nos minutos que se seguiam ao fim da aula.

Numa das minhas exposições, tratei das ideias de Abelardo, intelectual por quem Marina manifestou interesse na primeira aula de Filosofia Medieval, no começo do ano. Por sua reação, no final, entre outros alunos ao redor de minha mesa, percebi que havia de fato interesse pelo conceptualismo do teólogo francês, fundamentado na lógica e na dialética, mas o interesse era ainda maior pela história de amor que ele vivenciou com sua aluna Heloísa. Uma história que não terminou nada bem, como se sabe. Ou melhor, não terminou, ou só terminou com a morte dos dois amantes. Ou não terminou nem com a morte dos dois amantes, uma vez que hoje, mais de 850 anos depois de seu falecimento, eles estão enterrados lado a lado num mausoléu que se tornou atração turística em Paris, onde apaixonados contemporâneos costumam depositar flores e mensagens amorosas. Portanto, sua história continua como inspiração.

Quando se conheceram, Abelardo tinha 37 anos e Heloísa, 17. Em pouco tempo se apaixonaram, ela engravidou, eles se casaram em segredo, ele foi castrado a mando do tio e tutor de Heloísa (que o contratara como instrutor da sobrinha), tiveram de se separar, tiveram o filho, tornaram-se monge e abadessa, dedicando-se à vida religiosa até a morte... E pensar que, naquela época, para eruditos como Heloísa e Abelardo, o amor e os impulsos sensuais deveriam ser reprimidos pelo intelecto!

Hoje, quando há uma liberdade total no campo da sexualidade e as coisas do intelecto andam desvalorizadas pelo tecnicismo e o entretenimento, lanço um olhar panorâmico para o que experimentei no ano passado e encontro muitos paralelos com a história dos dois franceses do século XII. No entanto, o que experimentei não contém o sublime e a eternidade daquele romance, estando antes impregnado de sordidez e grotesco. De minha experiência não ficarão cartas que hoje são um monumento da literatura, nem um filho (outro filho, outra mulher), muito menos um mausoléu. Ficará, porém, a minha castração psicológica, que está muito aquém da castração física de Abelardo, é verdade. Ficará o trauma e a perda sem o consolo de um trabalho absorvente em prol de uma transcendência redentora. O meu reino é deste mundo e nele precisa se resolver.

Abelardo escreveu a história de suas calamidades, que foram bem maiores que as minhas, assim como ele foi muito maior que eu, assim como sua história de amor foi muito mais nobre que a minha. Na mesquinhez de nosso tempo, o máximo que posso fazer é rabiscar estas linhas a dez mil quilômetros de distância do palco dos acontecimentos, em pleno ostracismo, extirpado da vida de quem eu amava, banido do *campus* ao menos pelos próximos dois anos. É uma tentativa de entender o que aconteceu, bem como de assimilar o sofrimento que veio a seguir. Se eu não alcançar esse entendimento e essa assimilação, estas linhas servirão ao menos para ocupar as horas que tenho passado em casa, na minha solidão.

Abelardo foi também compositor de canções populares, tendo escrito algumas sobre seu amor por Heloísa. Como ele, Marina também compõe. Faz uns sete meses que, inspirada por meu curso e pelos dois amantes medievais, ela me mostrou, ao violão, um trabalho que tinha acabado de criar. Intitulava-se justamente "Heloísa e Abelardo" e tinha uma batida bossa-novista, em compasso lento. A letra inspirava-se numa passagem escrita por Abelardo a Heloísa, que era recitada ao final: "Fujo para longe de ti, como se evitasse um inimigo, mas sem cessar te procuro em meu pensamento. Trago tua imagem na memória, de modo que me traio e me contradigo: eu te odeio, eu te amo". E toda a letra explorava o tópico tradicional do paradoxo amoroso.

Paro por um momento de escrever estas notas. Vou à internet e abro um vídeo de Marina cantando essa canção num evento no *campus*, não faz muito tempo. Está um pouco mais encorpada que o normal, com os seios grandes sob uma roupa de malha preta, o olhar intenso que conheço bem, a voz contida, ligeiramente rouca. Dedilha o violão em sobreposição rítmica, dialogando com as palavras, à maneira de seu amado João Gilberto. Uma plateia de estudantes e alguns funcionários da universidade a escutam num silêncio imóvel. Ouvir essas palavras agora, cantadas por ela naquele estado, adquire para mim um significado ainda maior, produzindo uma melancolia ainda mais forte no fundo da solidão em que me encontro neste fim de inverno e começo de outono europeu.

Curioso como quase sempre que se fala ou se escreve do casal francês ele é "Heloísa e Abelardo", raramente "Abelardo e Heloísa", contrariando o ordenamento comum dos nomes de casais, com o do homem vindo primeiro, como costuma acontecer em nossa cultura de base patriarcal. Ao olhar para trás e refletir sobre as tribulações dos últimos tempos, a trama da qual fiz parte também me surge como a história de Marina e Renato.

5

Foi na primeira semana de setembro, às vésperas do feriado da Independência, que me certifiquei de algo que se passava em sala de aula. Desde o começo do semestre letivo, enquanto eu discorria sobre as questões da escolástica, Marina punha sobre mim um olhar que às vezes me desconcertava. Eu fingia que não via e seguia em frente, evitando olhar para ela, embora num ou noutro relance nossos olhos voltassem a se cruzar.

De vez em quando acontece isso de alunos ficarem fascinados pela figura do professor, visto como arguto, eloquente, pleno de coisas interessantes a dizer, com uma experiência da vida e do mundo que eles desejam vir a ter. No Brasil, em especial, com a informalidade das relações, é comum que os professores sejam pessoas tão próximas a ponto de ser tomadas como caixa de ressonância de angústias e crises de toda sorte por parte de pessoas jovens em conflito consigo mesmas, com familiares ou com outras pessoas. Não raro somos procurados para ouvir confidências, confissões, lamentos que não são ditos a ninguém mais. Ou para consolar choros, prover aconselhamentos. Eu mesmo, quando aluno, busquei algumas vezes esse tipo de suporte na sala de professores mais próximos e mais cordiais. Desde que passei a trabalhar na universidade, nestes últimos seis anos, em diversas ocasiões fui esse misto de pai-amigo-psicanalista de que os estudantes necessitam.

No começo de setembro, ao fim de uma aula, um grupo de alunos se juntou a meu redor, com sua praxe de estender o tema do dia em perguntas, comentários e digressões. Marina permaneceu sentada em sua carteira, esperando que seus colegas terminassem um a um suas intervenções e partissem. Quando o último se despediu e se foi, ela se levantou, veio a mim e me perguntou se eu tinha um tempinho para ouvi-la. Como eu levara quase vinte minutos com os outros alunos, depois de terminado o horário da aula, não dispunha de muito tempo, pois iria almoçar com Fabiano, mas lhe disse: "Claro, mas preciso ir para a minha sala, agora. Dá para conversarmos por quinze minutos? Senão podemos marcar um horário ao longo da semana".

Os quinze minutos eram suficientes. Fomos para meu gabinete. No caminho, ela me falava sobre meu curso e como eu havia conseguido fazer com que a maioria dos alunos se engajasse num tema tão distante da realidade de hoje. Percebia-se que estava um tanto ansiosa. E eu sentia algo inexplicável que hoje só consigo chamar de medo. Quando entramos na minha sala, deixei a porta entreaberta e fui à estante ao lado de minha mesa, para recolocar um livro que tinha levado comigo. Nos segundos necessários para essa operação, não falei nada, sabendo que Marina estava ali, naquele cômodo apertado, olhando para mim.

Quando me voltei, fiz-lhe a pergunta óbvia: "E então?". Porém, na eternidade de um instante, ela continuou apenas me olhando com seus olhos fundos, como se destrinchasse minha perturbação diante da beleza não convencional que ela encarnava, da qual parecia possuir consciência plena. Até que ela fechou a porta, empurrando-a para trás com o pé, caminhou os dois passos que nos separavam, parou bem perto de mim e falou: "Você, tão inteligente, não percebeu nada ainda não, hein?". E, para meu desespero, me empurrou contra a estante e me beijou. E, de minha parte, eu me deixei beijar. E beijei. Foi um beijo violento, meio mordido. Não tenho ideia de quanto tempo aquilo durou. Porém me lembro bem de, ao final, Marina simplesmente se soltar, virar as costas e sair de minha sala sem dizer mais nada. Deixou a porta entreaberta e meu assombro escancarado. Uns cinco minutos depois, Fabiano chegou e foi entrando sem bater nem pedir licença, como era de seu feitio. Tivesse chegado um pouco antes, teria se deparado com uma cena que não deporia muito favoravelmente sobre minha ética profissional. Ao me perceber em estado de inquietude, foi logo perguntando:

– O que é que há com você?

Desconversei, alegando falsos aborrecimentos, e partimos para o almoço menos degustado de minha vida. Sentado diante de minha desatenção, Fabiano chegou a recomendar que eu fosse para casa mais cedo, sem saber que minha casa era o último lugar para onde eu desejaria ir pelo resto daquele dia. Enviei uma mensagem a Samara, dizendo-lhe que chegaria tarde e recomendando-lhe que não me esperasse para jantar. Saí, então, a dirigir sem rumo pelas ruas da zona sul da cidade. Estacionei nas imediações do parque e me pus a caminhar a esmo por suas vielas, sentando-me num banco diante do lago, a observar as pessoas que começavam a chegar para suas atividades esportivas do dia. Enquanto isso, passava em revista aquele beijo, pensando na figura de Marina, que vinha me insuflando algum desassossego desde o e-mail que dela recebi durante minha viagem de férias.

Até o momento de sua visita a meu gabinete, ela não sabia que eu era casado e pai de um menino ainda pequeno. Diferentemente de Samara, nunca usei aliança no dedo, pois anéis e correntes me incomodam muito. Além disso, nunca expus minha vida pessoal para meus alunos em sala de aula. Tampouco fiz isso por meio de redes sociais, na internet, pois nunca as tive. Como aquele beijo aconteceu de maneira tão inesperada, com Marina partindo sem pronunciar uma palavra, nem pude lhe contar sobre isso, embora o que ali havia ocorrido fosse inadequado de qualquer maneira.

Voltei ao *campus* e fui diretamente para minha sala, onde me refugiei pelo resto do dia, com a cabeça em ebulição. Mais tarde, encomendei a entrega de um sanduíche e o comi por ali mesmo, encarnando um solitário total. Só fui chegar em casa depois das 22h00. Benício já estava dormindo e Samara havia acabado de se deitar. Apenas comentei, enquanto me despia, que havia tido um dia sobrecarregado de afazeres e algumas contrariedades. Tomei um banho rápido e me deitei a seu lado, de costas para ela. Não consegui dormir até bem tarde da noite. O pensamento em Marina me perseguia como um fantasma.

Ainda hoje não consigo entender como nem por que uma mocinha de 20 anos, ainda por cima minha aluna, desarranjou o meu mundo daquela forma. De vez em quando eu ficava sabendo de casos envolvendo professores que tinham aventuras com estudantes. Fabiano mesmo uma vez me contou a respeito de *affairs* que manteve com alunas, o que teria se dado em duas ocasiões e se resolvido de maneira inconsequente. Apesar de não haver nenhuma recomendação explícita contra esse comportamento por parte da universidade, talvez por tomarem essa interdição como coisa pressuposta, era óbvio que ela existia de maneira tácita. Além do mais, em minha história amorosa até então, tanto Samara quanto outras mulheres que passaram por minha vida eram de um a três anos mais jovens ou mais velhas que eu. Nunca havia me interessado por alguém muito mais jovem.

Na manhã do dia seguinte, cedinho, recebi uma mensagem de Marina, enviada numa hora tardia da noite: "Olá, professor Renato. Você por acaso renasceu, aprendeu alguma lição depois daquele beijo?". Li isso na tela do telefone, no banheiro, escondido como um criminoso. Aquela ousadia me irritou, e me recusei a respondê-la. Pouco depois, enquanto tomava o café da manhã, respondia maquinalmente às perguntas de Samara sobre o dia atribulado que eu tivera, esforçando-me para que as mentiras que dizia me saíssem verossímeis. Na passagem dos outros dias daquela semana, ao beijar minha mulher, ao brincar com meu filho, tentava manter a naturalidade, mas meus pensamentos estavam em outro lugar. Quando estava sozinho, a coisa era ainda pior. Sentado em meu escritório, ficava desatento às minhas leituras, minha escrita não avançava, a preparação de minhas aulas, inclusive as de outras turmas, não ocorria de maneira bastante minuciosa, deixando muita margem para o improviso. Quando chegava à universidade, era tomado por um sentimento estranho, algo misto de euforia e apreensão.

Marina faltou à aula de quarta-feira, o que para mim significou, ao mesmo tempo, alívio e frustração. Na segunda-feira seguinte, ela estava lá, com seus olhos profundos postos sobre mim. Quando os via, num relance, meu discurso perdia a fluência e os assuntos tropeçavam uns nos outros. Na segunda parte da aula, quando abri a discussão sobre o tema do dia, que era a crítica e refutação de Bernardo de Claraval ao pensamento de Abelardo, que o abade francês considerava herético, de forma atípica ela me fez perguntas e teceu comentários, tomando sempre partido de Abelardo, que a seu ver teria sido um livre-pensador perseguido pela Igreja. Isso na maior naturalidade, como se na semana anterior nada houvesse acontecido entre ela e seu professor. Em pé no meio da sala, enquanto interagia com Marina diante dos olhares e ouvidos dos outros alunos, eu me sentia um mau ator desempenhando uma comédia ridícula. Mas estava ali como sempre estive e era pago para representá-la.

Acabada a aula, fui cercado por um grupo de alunos, como de praxe, mas Marina desta vez não estava entre eles. Com a mesma naturalidade de suas perguntas e comentários, ela foi embora sem sequer se despedir. Quando o último aluno partiu, saí em direção à minha sala, caminhando pelos corredores movimentados pelo trânsito de alunos e professores ao final do turno da manhã. Acabei passando pela sala de Fabiano, a fim de convidá-lo para almoçarmos juntos. Tinha necessidade de companhia. Bati à porta, mas ele não estava.

Fui então para um restaurante no próprio *campus*. Enquanto comia, pensava na perplexidade que vinha me assolando desde o início da outra semana. Como fora possível que, de uma hora para outra, meu mundo fosse sacudido daquela forma? Enquanto minha vida segura de classe média bem assentada começava a se agitar, enquanto minha experiência de senhor casado de 34 anos evaporava-se, Marina parecia dominar a situação a ponto de ter me enviado aquela mensagem de um atrevimento sem fim, de participar de minha aula como qualquer um dos outros alunos. Aquilo me deixava sem saber como agir. Talvez por isso eu quisesse ter almoçado com Fabiano, embora não pretendesse abrir meu segredo para ele.

Almocei rapidamente e voltei para minha sala, onde passaria a tarde a ler e preparar as aulas da quarta-feira. No caminho, encontrei Cecília, professora de Teoria do Conhecimento, uma das mais antigas da faculdade e ocupante do posto de chefe de nosso departamento até o fim do ano que vem. Paramos no corredor e conversamos por alguns minutos sobre burocracias da universidade, o andamento de nossos cursos e pautas de nossa próxima reunião. Então fui para minha sala e me pus a ler mais um capítulo de uma história da filosofia escolástica com a qual estava envolvido naqueles dias. Até que, a certa altura da tarde, ouço alguém bater à porta. Levanto-me, vou até lá e abro-a. Dou de cara com Marina e me assusto. Ela entra sem pedir licença, para na minha frente e fica me olhando outra vez com aqueles olhos, sem dizer nada. Esboço uma fala e gaguejo, antes de me lançar sobre ela e beijar-lhe os lábios como um louco, sem nem mesmo encostar a porta entreaberta. Então o inconcebível acontece. Tranco a fechadura e nos amamos ali mesmo, sofregamente, entre livros a cair das estantes, no chão, sobre a minha mesa, atrás da porta...

6

Marina deve ser um ou dois centímetros mais alta que eu. Tem o cabelo preto na altura dos ombros, a pele trigueira, o rosto oval, as pernas longas, o corpo esguio, os seios pontiagudos. Em sua figura, ressaltam os dois grandes olhos fundos. Tem uma personalidade forte, tomando parte nos debates em que se envolve, quando escolhe se envolver, com argumentos e opiniões fortes, embora ela mesma questione suas ideias e algumas vezes mude seus posicionamentos. Compõe e escreve letras de canções que canta nas *performances* de seu grupo musical. Quando brinquei que ela era uma nova Elis Regina, ainda não tinha me dado conta de que também o era no caráter corajoso e nas altas exigências que possui em relação a si mesma. Marina está na vida para vivê-la sem medo de se lançar e correr riscos. Por isso rompeu um interdito ao se apaixonar por seu professor. Por isso se jogou naquela aventura com um homem quatorze anos mais velho que a eternidade de seus 20 anos, que já havia perdido ele mesmo a própria eternidade às vésperas de adentrar na perecível segunda metade da vida.

Por que esse homem – com sua posição, sua filosofia, suas obrigações em relação ao casamento e à paternidade – não se recusou a romper o interdito e se lançar naquela aventura fadada a não acabar bem? Ainda hoje me pergunto isso e não consigo dar uma resposta convincente. Poderia evocar os lugares-comuns moralistas do egoísmo, do individualismo, da luxúria, da minha personalidade mais fraca do que a de Marina, da minha idade e minha experiência maiores que deviam ter me qualificado para manter o controle da situação. Tudo isso por certo estava lá. Mas não explica tudo. Em realidade, não explica nada. Havia a minha aproximação do ponto de virada na vida, em que a juventude vai ficando para trás. Havia certo enfado que Samara às vezes me causava com sua compulsão de comprar inutilidades, com o prosaísmo de sua conversação muito terra a terra. E houve simplesmente o imponderável de eu me apaixonar por uma moça quatorze anos mais jovem, que trazia intensidade e brilho a uma vida que se estiolava na segurança rasteira da classe média bem remediada, nos sonhos medíocres da classe média bem remediada.

Quando eu era menino, na escola primária, corria entre os alunos a lenda urbana da Loira do Banheiro. Tratava-se do fantasma de uma professora casada que teria se envolvido com um aluno e sido assassinada a facadas pelo marido, no banheiro do estabelecimento onde trabalhava. Desde então, ela costumava aparecer nos banheiros das escolas, assombrando os alunos que ali se escondiam para matar aulas. Talvez por ter sido sempre bom estudante e nunca haver matado aulas, jamais a encontrei em minhas idas ao banheiro escolar. Só nunca imaginei que um dia eu seria protagonista de uma história também assombrosa, por muito pouco não tendo tido o mesmo destino daquela infeliz colega de profissão.

Apaixonei-me por minha aluna, e ela por mim. Entre duas pessoas que convivem e se admiram, tal acontecimento, embora sempre emule o sublime, chega a ser prosaico por acontecer em todos os quadrantes: nas ruas, nos parques, nos edifícios, nos escritórios, nas escolas. No meu caso, porém, a coisa estava carregada de interditos, todos eles funcionando como grilhões postos sobre mim: meu casamento, meu filho, minha idade em relação à de Marina, minha condição de seu professor, minha reputação. Tudo isso deveria ter contido minha atração e bloqueado minha lascívia por aquela garota recém-saída dos anos da adolescência. Mas na vida as coisas muitas vezes não seguem essa lógica rasteira do bom senso.

Depois daquele segundo encontro em minha sala, comecei a passar algumas horas com Marina – com frequência crescente – nas tardes em que deveria estar em minha sala estudando, escrevendo e preparando as aulas de meus cursos. No início, eu a pegava numa rua discreta, fora do *campus*. Íamos, então, para arrabaldes distantes da cidade, onde eu parava o carro. Conversávamos, nos tocávamos, às vezes até saíamos e passeávamos de mãos dadas, nos sentávamos em bares discretos ou bancos de parque. Logo, logo passamos a ir a motéis, onde nos amávamos como se o mundo fosse acabar dali a algumas horas.

Foi já nos primeiros encontros fora da universidade que lhe contei tudo a respeito de minha situação familiar, de minha esposa e meu filho. Marina reagiu com uma surpresa desconfortável, mas aceitou sèguir no papel de amante. Também me contou que tempos antes saía com um colega do meu curso, Mauro, um latagão de braços musculosos e pernas finas que costumava sentar-se perto dela na sala de aula. Talvez pelo aspecto físico desse rapaz, seus colegas o chamavam pelo apelido desprimoroso de Zé Gotinha. Não era dos melhores alunos. Marina me contou que ele não havia aceitado o fim do caso superficial e inconsequente que tiveram, passando a persegui-la. Portanto, para além das interdições que diziam respeito a nós dois apenas, ainda havia, dos dois lados, outros a tornar nosso *affair* ainda mais complicado. Mas como um fogo que houvesse fugido a nosso controle e nos incendiasse, estávamos apaixonados. Quando juntos, não pensávamos sobre aonde aquilo poderia nos conduzir. Para nós só existia um presente eterno que durava algumas horas e seguia em nossos corpos, em nosso pensamento, nos períodos de separação. Haveria ainda muito material para alimentar as chamas desse incêndio. E também muitos danos decorrentes desse mesmo incêndio.

Voltar para casa, dar um beijo em Samara, conversar com ela ao jantar, brincar com Benício aos poucos foram se tornando tarefas bastante penosas. No *campus*, eu ia perdendo a naturalidade para encarar meus colegas professores, meus alunos e os funcionários da instituição, ainda mais porque, desde o ano anterior, eu fazia parte da Comissão de Ética da universidade, como membro suplente. Nessa condição eu já havia substituído membros titulares em duas ocasiões, contribuindo na emissão de pareceres a respeito de procedimentos relacionados à pesquisa e às relações sociais na comunidade acadêmica. Na sala de aula, cruzar olhares com Marina, responder suas perguntas e ouvir seus comentários sobre tópicos de meu curso era sempre uma experiência estranha. Nós dois tínhamos de fingir naturalidade diante da plateia formada pelos outros alunos, uma naturalidade que já ia nos saindo bastante artificial. A despeito de tudo isso, eu seguia me encontrando com ela. Ao menos três vezes por semana, passávamos nossas tardes juntos. Uma ou outra vez voltamos a nos amar em minha sala, em horas nas quais o corredor com os gabinetes dos professores de filosofia estava sem a movimentação de meus colegas.

Fabiano continuava a me oferecer sua amizade extrovertida. Entrava-me pela sala sem bater à porta, dava-me apertos de mão de me estalar os ossos das juntas, me chamava de "nato Renato" numa de suas pilhérias favoritas, convidava-me para almoçar ao menos uma vez por semana, discutia temas da filosofia contemporânea, fazia fofoca sobre nossos colegas professores, falava mal de seus desafetos, reclamava da burocracia dos administradores da universidade e seus impactos em nosso trabalho. Foi cerca de um mês depois da primeira visita de Marina à minha sala que contei a ele sobre meu envolvimento com uma aluna, relatando toda a história, desde as aulas no semestre anterior e o e-mail recebido durante minhas férias, na Espanha. Quando lhe falei de quem se tratava, ele me disse que não a conhecia. Tive de lhe mostrar uma foto de Marina sobre a tela de meu celular. Fabiano olhou-a, calado, de cara séria, fazendo suspense, como era de seu feitio. Até colocar a mão no meu ombro, me olhar nos olhos com solenidade e dizer:

– Fique tranquilo, meu caro. Ela é adorável! Nem um frade de mármore resistiria.

Aquilo me deixou obviamente desconcertado, o que fez as delícias de um gozador da estirpe de Fabiano. Já experimentado em casos com alunas, ele passou então a me aconselhar sobre como não dar na vista, até quando levar o caso e como fazer para que outros professores, alunos e principalmente Samara jamais viessem a desconfiar do que estava acontecendo. E arrematou, dando-me tapinhas nas costas:

– Quem diria, hein! Você está de parabéns, meu amigo!

Meu constrangimento subiu à estratosfera, o que arrancou uma gargalhada de meu confidente e conselheiro. Eu já ia me arrependendo de haver aberto meu segredo para servir de mote às patuscadas de Fabiano, que não se dava conta de uma diferença crucial entre meu *affair* e os seus: eu estava apaixonado por Marina.

Em casa, era-me penoso cumprir com minhas obrigações de marido. Fazer um sexo previsível com Samara uma vez por semana, ou a cada duas semanas, requeria a disciplina acomodada de um burocrata. Dar-lhe um rápido beijo nos lábios ao sair de casa requeria a naturalidade dos bons mentirosos, o que eu não era. Nem mesmo seu consumismo acumulador de bobagens da moda me incomodava mais. Minhas atenções estavam em outro lugar.

Um dia, ao final de uma tarde em que eu não havia me encontrado com Marina, fui a um auditório onde ela e seu grupo faziam uma *performance*, num evento promovido pelo Diretório Central dos Estudantes. A sala estava bastante cheia. Entrei e fiquei em pé, ao fundo, encostado na parede. Ela finalizava uma sequência de canções de bossa nova, passando então a um repertório de sambas e sucessos dos grandes compositores populares. A certa altura, percebeu minha presença inesperada e passou a cantar algumas canções olhando para mim, das quais lembro algumas: "O sol nascerá", "Tiro ao Álvaro", "Como os nossos pais", "Este seu olhar". Outra ousadia que me causou encabulamento e fascínio. Terminada a apresentação, voltei para minha sala. Quando me preparava para ir embora, Marina me aparece, joga-se aos meus braços e nos amamos dentro de minha sala outra vez, sobre a minha mesa de trabalho, com toda a imprudência dos muito apaixonados.

A coisa ia crescendo e dela eu já não podia, nem queria, me livrar. Se fosse apenas a casualidade fortuita pela qual Fabiano me congratulara, eu teria controle sobre a situação, encerrando a aventura sem consequências, como fazem tantos outros homens casados, como Fabiano mesmo havia feito no próprio âmbito de nosso departamento. Mas não era assim e, quase dois meses depois de iniciar-se, minha vida clandestina começou a fazer água. O primeiro sinal disso partiu de Mauro, que abandonou meu curso repentinamente, não aparecendo mais nas aulas. Mais algum tempo e um ou outro aluno me olhava de modo estranho, introduzia alguma observação irônica durante a segunda parte da aula, fazia algum comentário sorrateiro no ouvido do colega ao lado. Tudo isso podia ser real, mas também podia não passar de uma projeção de meus receios de que minha reputação desmoronasse a qualquer momento.

Com certa frequência encontrava-me com Fabiano pelos corredores ou em suas visitas a minha sala. Piscando-me um olho e pegando-me pelo braço, ele me puxava para um canto e queria saber:

– E aí, em que pé estão as coisas?

E lá vinham elogios à minha recente felicidade extraconjugal, orientações sobre como manter o sigilo num ambiente de forte interação social como a universidade, conselhos para que eu respeitasse o limite máximo de três meses, dentro do qual eu deveria encerrar o caso e retornar à condição de marido leal, impoluto pai de família. No começo eu ouvia-o sem lhe dizer que as coisas não eram tão simples como ele pensava, sem lhe confessar que estava completamente rendido a minha aluna, à qual "nem um frade de mármore resistiria", conforme sua própria avaliação. Isso era verdade, mas minha resistência fora quebrada para muito além da concupiscência da qual Fabiano se gabava por mim. Eu amava Marina, era amado por Marina. E já verbalizávamos isso um para o outro.

Numa coisa, porém, meu amigo foi bastante clarividente: o caso não poderia durar mais de três meses. Justamente na primeira semana de novembro, pouco depois de esse prazo se completar, Marina me deu uma notícia que iria chacoalhar a universidade, minha casa, sua casa e seu grupo musical como um terremoto: ela estava grávida.

7

Marina estava grávida. Quando ouvi aquilo, foi como se o chão subitamente desaparecesse sob meus pés e eu pairasse no vazio por alguns segundos. Não consegui articular uma palavra sequer. Apenas olhava para ela, como se esperasse uma confirmação daquela notícia que haveria de trazer à luz toda a história que vínhamos protagonizando nas sombras. Abracei-a. Ela se lançou sobre mim. Chorou. Fomos para um recanto na periferia da cidade para refletir juntos sobre o que fazer. Por fim, com sua cabeça recostada sobre meu peito, perguntei-lhe se pretendia mesmo ter a criança. Marina se levantou, fulminou-me com o olhar e disse:

– Óbvio! Você não?

Minha resposta foi uma profusão confusa de lágrimas a me escorrer rosto abaixo. Ela sentou-se a meu lado e repetiu, firme:

– Você não?

Eu não sabia o que dizer. Não encontrava o que dizer. Não respondi nem que sim nem que não. Em meu peito revolviam-se 500 mil tufões. Naquele instante eu era mais frágil que o feto de meu filho começando a se formar no ventre de minha aluna. Marina, sim, era forte. Embora estivesse consciente da gravidade daquele acontecimento, ainda mais pelo fato de ele sediar-se em seu próprio corpo, mantinha a serenidade, tentando pensar sobre o que fazer. Ao menos uma irresolução ficou estabelecida: não comunicaríamos a notícia a ninguém enquanto buscássemos um rumo a tomar. De minha parte, não cumpri o prometido. No mesmo dia, ao voltar sozinho para casa, telefonei para Fabiano. Precisava me abrir e ouvir o que ele me diria sobre a novidade arrasadora que eu tinha para lhe contar. Marcamos de nos encontrar num bar próximo da universidade, e lá eu despejei sobre meu amigo o mais recente capítulo de minha história, acompanhado de uma torrente apavorada de lágrimas. Ele me deixou dizer tudo, chorar tudo. Apenas me olhava. Quando falou, todo sério, como não era do seu feitio, disse apenas:

– Você não me ouviu! Não era para se apaixonar. Não era para durar mais de três meses. Não era para fazer as coisas como você fez. Agora, se ela quer ter o filho, só lhe resta enfrentar a situação, com todas as consequências. Pode contar comigo. Estarei a seu lado no que precisar.

Como se não me apaixonar, como se não durar mais de três meses, como se não fazer as coisas como as fiz estivessem sob meu controle! De todo modo, ao menos eu não estaria sozinho no enfrentamento das consequências daquela gravidez. O difícil seria saber o que fazer a partir do fato consumado. Fabiano defendia uma persuasão para o aborto, que deveria ser executado com toda a minha assistência. Propôs-se inclusive a conversar diretamente com Marina, para tentar convencê-la da conveniência daquela solução para todos nós. Encontrar um médico que realizasse o procedimento de forma clandestina, mas segura, não seria problema. Era só pagar o valor estipulado. De todo modo, se não quiséssemos correr nenhum risco de complicações com os moralistas militantes nem com a Justiça, era só viajar até a Colômbia ou o Uruguai, onde o aborto é legalizado. Eu tinha meios para isso e até encontraria uma forma de pegar alguns dias de licença na universidade e na minha casa, sob alguma justificativa mentirosa de ocasião. Não concordei com a intervenção de Fabiano. Eu mesmo tive uma conversa com Marina sobre o assunto. Ela ficou furiosa e me chamou de covarde. Manteve-se firme e, olhando nos meus olhos com os seus em fogo, me assegurou de que teria o filho com ou sem meu acompanhamento, com ou sem meu apoio e minha presença.

Essa conversa aconteceu no parque de subúrbio que frequentávamos havia várias semanas, onde tínhamos vivenciado tantas horas felizes. De repente a Fortuna havia girado a sua roda, e nós, que estávamos em cima, despencamos para baixo, ao que tudo indica, para aqui permanecermos por muito tempo ainda.

O último mês de outubro ficará marcado em minha vida como o momento da travessia de uma senda escura da existência, em que este peregrino foi atormentado pelo Medo, a Mentira e a Confusão. A gravidez de Marina vinha expor a fragilidade dos fundamentos sobre os quais minha vida estava assentada: um cotidiano seguro mas sem intensidade, a consciência de que a juventude começava a passar para sempre, um matrimônio que começava a dar sinais de esgotamento, um trabalho de que eu gostava, que me auferia prestígio e boa remuneração, mas começava a se tornar pouco desafiador. Marina era o reverso e a renovação de tudo isso. Daí a sua sedução, daí a paixão que me inspirou. Mas onde estava a coragem de me deixar renovar com ela, com todas as consequências dessa escolha? E o patrimônio de meu matrimônio? E o filho que já possuía? E a carreira profissional que já começava a deslanchar num país onde o trabalho raras vezes remunera material e espiritualmente os que a ele se dedicam?

Egoísta e imaturo. Assim me qualificou Marina quando lhe propus a possibilidade do aborto. Assim me classificou Samara quando tivemos a conversa definitiva. Para essas falhas convergiam as acusações que me eram feitas durante o processo administrativo. Egoísta e imaturo. Sim, eu mesmo o confesso, e minha penitência talvez tenha peso suficiente para corrigir essas e outras falhas até maiores. Mas também humano, titular de uma sensibilidade, precário como todo mundo. Possuidor de algumas virtudes até. Ao longo de toda essa história, ninguém tem tido a capacidade de se imaginar no meu lugar. Sobre minhas escolhas ou minha falta de escolha choveram impressões e suposições, em geral moralizadoras, por parte de quem estava seguro de uma superioridade para lá de questionável.

Por algum tempo, quando estava no centro do turbilhão, eu também cheguei a sentir a emanação dos miasmas de meu temperamento. Na simplificação do desespero, cheguei a acreditar que de fato eu havia sido tão somente um mau caráter, marido infiel e aproveitador da pouca experiência de uma mocinha de 20 anos. Afinal, tais eram as palavras de ordem que me aviltavam nos protestos das fúrias do moralismo que passaram a me atacar assim que o caso veio a público. Apenas alguns colegas do departamento mantiveram um silêncio neutro. Apenas Fabiano se manteve a meu lado o tempo todo, não hesitando em desafiar meus algozes a me atirar a primeira pedra, caso fossem um modelo de perfeição moral. Muitos deles me atiram a primeira e muitas outras pedras, no entanto, certos de sua integridade autoproclamada. Hoje, distanciado, tendo a enxergar melhor o que as fúrias obscureceram, o que as perturbou: a deflagração do amor, que não respeita hierarquias nem conveniências, embora os amantes estejam inseridos numa comunidade que se organiza com base em hierarquias e conveniências.

Quanta gente que nem me conhecia, que nunca havia encontrado Marina frente a frente, arrogou-se o direito de nos ofender. Quanta gente que, conhecendo-nos, coisificaram-nos e nos queimaram como Judas de Sábado de Aleluia, bodes expiatórios de suas próprias frustrações amorosas, do deserto de amor que se alastra por suas vidas. Quase sempre a uma distância segura, no anonimato dos quartos que habitavam, essa gente proferia grosserias na internet, produzia comentários em mau português, emitia os vereditos instantâneos da ignorância. Até mesmo os jornalecos popularescos replicaram a história, cumprindo sua missão de assassinos de reputações. Enquanto isso, eu, Marina, Samara e Benício, demitidos de nossa humanidade, nos tornávamos joguetes de todo um ódio social latente que enfim encontrava escoadouro. Um ódio rosnado por autoproclamados guardiões dos valores morais, cristãos, familiares, comunitários, acadêmicos, etários.

Que esgotos percorrem os subterrâneos de uma sociedade, emergindo na forma desses preconceitos hoje potencializados pelos meios de comunicação de massa em que se instalam esses tribunais para julgamentos sumários? Que impulso psíquico leva tantos frustrados dispersos se juntarem em rede para criar uma ilusão de poder por meio de ameaças e insultos coordenados? Que valor terá a autoverdade proclamada por esses bárbaros? Que diversão será possível nas piadas escatológicas e comentários boçais, nas insinuações maldosas e sugestões obscenas? Não serão essas coisas apenas sintomas de uma autoestima em frangalhos, de um ego deprimido?

8

Num de meus últimos dias no Brasil, quando estava hospedado no apartamento de Fabiano, saí cedinho para ir à padaria próxima. Lá eu escolhi os pães para o café da manhã que tomaria com meu amigo e fui para o caixa, fazer o pagamento. Enquanto aguardava numa pequena fila, lia as manchetes da imprensa marrom urrando seu grotesco em letras garrafais, num suporte junto ao caixa. Na primeira página de um dos tabloides ali expostos, lia-se, em grandes letras: "Professor pedia *nudes* para dar nota", manchete ilustrada com a fotografia do colega de profissão, cabisbaixo, conduzido por policiais. Passei muito longe de fazer o que ele deve ter feito, mas, desde que os acontecimentos em torno de meu relacionamento com Marina vieram a público e foram devassados, tive de conviver com uma sensação semelhante àquela que sua imagem na folha de escândalos expunha.

Não sei como a coisa chegou ao conhecimento de meus outros alunos. Possivelmente o senhor Zé Gotinha fez alguma investigação particular, encontrando no mínimo alguns indícios do que se passava. O fato de ele ter abandonado meu curso de repente foi um sinal disso. Antes mesmo de a notícia da gravidez estourar, vários alunos já vinham se comportando de modo a deixar bem claro seu desconforto com a intriga que eu protagonizava com uma de suas colegas. Alguns se mostravam enciumados, outros me olhavam com perplexidade, outros ainda com desprezo. Boatos corriam pelos corredores da faculdade e pelos cantos da sala. Ao final de minhas aulas, a aglomeração em torno de mim foi progressivamente diminuindo até deixar de ocorrer. A própria assiduidade do grupo foi afetada, passando a haver muitas faltas na medida em que a campanha moralista ia ganhando corpo.

Quanto a Marina, antes mesmo de a gravidez se tornar visível, na terceira semana de novembro, ela resolveu não mais frequentar as aulas, retirando-se para fugir ao assédio de seus defensores e acusadores, buscando um mínimo de privacidade para vivenciar aquele momento que deveria ser de celebração da vida que estava por vir.

Eu, porém, tinha a minha obrigação profissional de dar os meus cursos, de estar na universidade para as reuniões de departamento, para o atendimento aos alunos. Não havia refúgio em outro lugar, nem sequer em minha própria casa.

Um dia, em meados de novembro, circulou pelas redes sociais e comunicadores instantâneos nos celulares dos alunos uma fotografia tirada durante uma de minhas aulas, sem que eu percebesse. Nela estou em pé, quase de costas para o fotógrafo clandestino, falando diretamente para Marina, olhando-a nos olhos, pois ela me havia feito um questionamento acerca do tema da aula. Porém, sobrepuseram à imagem a seguinte legenda: “Cantando a cantora”. Foi a primeira peça de uma série de outras que ainda viriam para me descompor. Aquela ainda continha um mínimo de sutileza e até certo senso de humor.

Em outra ocasião, quando entrei na sala para a aula do dia, lá estava, no quadro-negro, desenhada a giz, com habilidade até, uma charge em que Marina estava sentada em minha mesa, de saia e pernas sugestivamente abertas, e eu, em pé, com as mãos apoiadas sobre suas coxas, dizia: "Não quero lhe falar, meu grande amor, das coisas que aprendi nos livros...". Não havia nenhum aluno em sala de aula, e eu apaguei tudo antes que eles começassem a chegar. Também não comentei nada sobre o desenho infame. Dei minha aula normalmente. Ainda bem que por essa época Marina já havia deixado de frequentar meu curso.

Ao longo do mês de novembro e da primeira quinzena de dezembro, ao fim da qual encerrou-se o período de aulas, eu recebi cinco ou seis bilhetes colocados debaixo da porta de minha sala. Neles eu era chamado por termos como "arrombado", "cuzão", "seu merda" e outros desse nível. E lá vinham ameaças de me quebrar os ossos, fazer meus dentes saltarem da boca a chutes, me castrar como a Abelardo, me matar. Quando mostrei essas mensagens a Fabiano, ele imediatamente me levou a um posto policial, para que registrássemos a ocorrência e pedíssemos alguma providência. Mas o delegado de plantão disse não poder tomar providência alguma sem um fato consumado. Ou seja, eu teria antes de ser espancado, castrado ou morto para que alguma providência fosse tomada! Desde então meu amigo não mais me deixou ficar sozinho em minha sala.

A maior sordidez, porém, foi a circulação, nas redes sociais e nos comunicadores instantâneos para celular, de uma imagem manipulada, de cunho pornográfico, em que substituíram as cabeças do casal envolvido pela minha e a de Marina, copiadas em meu perfil no *site* da universidade e numa rede social dela. No entanto, minha cabeça fora colocada no corpo da mulher, e a de Marina, no do homem, multiplicando o grotesco de uma cena já por si muito bizarra na versão original. No alto da imagem, a legenda: "Renato renasce". Foi novamente Fabiano, que havia passado a monitorar as redes sociais dos alunos e a entrar em seus grupos de mensagens com uma identidade falsa, quem descobriu essa baixeza e novamente a comunicou à polícia, que novamente nada fez para identificar e punir os responsáveis.

Paladinos da moralidade que não me conheciam passaram a me execrar em vídeos publicados em canais do YouTube, retratando-me como o lobo mau comedor de inocentes chapeuzinhos vermelhos. Para eles, aquilo era uma prova cabal de que as universidades públicas eram um antro de depravados e estavam mais corrompidas do que Sodoma e Gomorra, devendo ser desmanteladas. Não demorou muito e a história foi parar nos programas policiais pseudojornalísticos de fim de tarde, na televisão, onde os apresentadores encontraram mais uma razão para o seu mote grosseiro: "Um cara desse tem de capar!". Outra vez me preconizavam um destino de Abelardo.

E não demorou também para que os tabloides mais ordinários encontrassem no caso um prato cheio para o deboche. Seus jornalistas de escândalo invadiram as redes sociais de Marina, de onde lhe roubaram algumas fotografias. Do mesmo modo, copiaram minha imagem no meu perfil público, no *site* da faculdade, que logo foi obrigada a retirá-lo do ar por tempo indeterminado. Desconfio até mesmo de que invadiram nossos telefones em busca de material comprometedor, pois, durante dois ou três dias, algumas funções em meu aparelho passaram a se processar de maneira incomum. De repente, por algum tempo, até que um novo escândalo suplantasse o nosso, suas manchetes urravam, na primeira página, estes trocadilhos rasteiros: "Um professor muito particular", "Gravidez acadêmica", "Engravidou aluna e escafedeu-se", "A prova dos nove... meses", "Um amor de professor"... e coisas piores, muito piores. Expuseram nossos nomes. Imaginaram episódios romanescos. Inventaram até que eu e Marina nos amávamos no bosque do *campus*, num banheiro da faculdade, num recanto pouco frequentado da biblioteca, na própria sala de aula. Tiveram pelo menos o pudor de abreviar o nome de meu filho, quando, em algumas passagens, eu era referido como "pai do menor B.G.S.", o que, por outro lado, só aumentava a torpeza que me impingiam.

Não demorou também para que a inquisição feminista me agarrasse na condição de réu sem nenhuma chance de defesa. Grupos formados por moças dessas que acreditam que simplesmente ser homem já é um crime passaram a me atacar na internet e nas instâncias de poder e justiça da universidade. A seu ver, eu era o macho predador que havia utilizado minha posição de professor para tirar vantagem de uma aluna inexperiente que estava numa posição vulnerável. Batiam mais uma vez na tecla do rescaldo da sociedade patriarcal em nosso tempo, da cultura machista que segue mantendo as mulheres oprimidas. Chegaram a realizar, na entrada principal do edifício da faculdade, uma dessas manifestações a que chamam "escracho", aguardando por minha saída com faixas, cartazes, megafone e palavras de ordem. Naquele dia, uma segunda-feira, eu estava realmente na faculdade, tendo sido obrigado a sair escondido por uma portinhola dos fundos, usando óculos escuros e um boné que Fabiano mantinha em seu gabinete. Mais tarde, meu amigo teve ainda de buscar meu carro, que fora estacionado na rua que passa em frente à mesma entrada principal. Estava com a lataria amassada, cheia de palavrões rabiscados a ponta de prego. Cartazes foram afixados aos painéis da faculdade, bem como nos postes e pontos de ônibus das proximidades. Neles havia a minha fotografia e inscrições que diziam algo assim: "Cuidado alunas! Em nossa universidade atua impunemente o professor Renato Sartori, emprenhador de estudantes." Funcionários da universidade retiraram esses cartazes dos painéis no dia seguinte, e a chuva de fim de ano foi dando cabo, aos poucos, dos que estavam do lado de fora.

Quem diria! "Emprenhador de estudantes"... como um potro de fazenda. Eu, um tímido! Como puderam se arrogar esse papel, condenando-me de antemão, numa completa ignorância dos fatos? Como foi que a destruição de reputações, além de servir a interesses políticos rasteiros, pôde vir a se tornar também parte da indústria do entretenimento? Pois o grotesco dos tabloides era uma forma de entretenimento às custas de minha infâmia, assim como minha degradação era entretenimento para tantos que faziam gracinhas ou iam a protestos por não ter coisa melhor para fazer.

Penso agora no cineasta Woody Allen. Após ser condenado previamente pelo tribunal do feminismo radical, a maioria dos atores norte-americanos, por medo da inquisição na internet, não trabalha mais com ele, nem seus filmes encontram espaço para exibição nos Estados Unidos. Uma ex-filha adotiva afirma ter sido abusada sexualmente por ele, quando ela tinha sete anos. Como basta a palavra de uma mulher – neste caso, de uma menina ainda sem muita compreensão do mundo e bastante sugestionável – para que um homem tenha sua vida destruída, mesmo que duas organizações para a proteção da infância ligadas ao Estado americano tenham realizado duas investigações que duraram vários meses, sem encontrar nenhuma prova de pedofilia, ele teve seu trabalho destruído no auge de sua maturidade como artista. Não sei se Allen cometeu o crime de que foi acusado. As militantes anti-homem também não sabem, embora tenham essa convicção e considerem que isso lhes basta, não importando a margem enorme que seu veredito sumário abre para o cometimento de uma grande injustiça. Eu chegaria mesmo a lhes perguntar: e se ele for culpado? Toda uma vida, toda uma complexidade humana estará reduzida a um único ato abominável? Tudo o que ele criou como artista perde o valor automaticamente? Devemos todos, com a autoridade da nossa pureza, linchá-lo moralmente no auge de seus 84 anos?

Mais que a estupidez, mais que a mentira como programa de ação, o que mais impressiona em minha história, como na de Woody Allen, é a ausência de empatia. Mas a ausência de empatia é a consequência óbvia de uma sociedade que aceitou e naturalizou a estupidez e a mentira.

9

Enquanto navegava em um oceano de hostilidade a perder de vista, tive de me colocar frente a frente com Samara, tive de fazer face à inocência de Benício. Aqui eu me penitencio e reconheço um erro atroz. Quando já havia evidências de que o escândalo estava prestes a estourar, eu devia ter me antecipado e me apresentado para uma conversa penosa com minha esposa, revelando-lhe eu mesmo que a havia traído e que desse acontecimento resultaria um filho com outra mulher, que essa mulher era uma moça de 20 anos e minha aluna. Por mais excruciante que esse diálogo pudesse resultar para ela e também para mim, era o que devia ter sido feito, pois o sofrimento decorrente, embora excruciante, seria menor. Além disso, meu caráter sairia um pouco menos maculado aos olhos da mulher com quem eu me relacionava havia quatorze anos, com quem eu vivia fazia já cinco anos. Mas fui um covarde e o medo me paralisou. Foi a pior atitude – ou falta de atitude – que eu poderia tomar.

Foi nos últimos dias do mês de novembro. A gosma de minha difamação vinha crescendo e era óbvio que em breve ela iria escorrer sobre todas as pessoas que faziam parte de minha vida. Os ataques dos paladinos da moralidade já estavam fervilhando na internet, ao alcance do mundo inteiro. Eu já vinha recebendo insultos e ameaças na forma de bilhetes empurrados para debaixo da porta de meu gabinete. A não ser por um grupo de aproximadamente dez alunos, minha turma de "História da Filosofia Medieval II" estava bastante desfalcada. Apenas esses estudantes levaram meu curso até o fim, separando nossa relação intelectual pública, na sala de aula, do que vinha se passando no âmbito de minha vida privada, não apenas recusando as agressões que eu vinha sofrendo como solidarizando-se comigo.

Como Samara tomou conhecimento de tudo, eu não sei. Em nenhum momento me ocorreu perguntar-lhe. Nem isso viria ao caso. Nem mudaria coisa alguma. Nem ela me responderia. Só sei que, na última segunda-feira do mês de novembro, quando terminava minha aula do dia, olhei para a porta aberta e vi-a do lado de fora, parada, olhando para mim. Não me dera nenhum aviso de que surgiria assim em meu local de trabalho. Estava com um de seus melhores vestidos, como se fosse a um evento elegante naquele dia claro de primavera. Seus olhos, no entanto, disseminavam as sombras de um sentimento que sintetizava muitos outros, nada solares. Assim que os alunos saíram, ela entrou lentamente na sala de aula, de cabeça erguida, perscrutando-me. Parou a um metro de distância e falou com uma calma inquietante:

– Precisamos conversar.

Tremendo ante o pavor de uma cena vexaminosa na própria faculdade, envolvendo minha própria esposa, quando muitos alunos e professores ainda transitavam pelos corredores, só consegui articular esta frase:

– Vamos para casa.

Fomos no carro de Samara. Durante os quarenta minutos que durou o trajeto, ela não disse nada. Nem eu, embora no começo eu tenha tentado gaguejar alguma coisa. Aqueles foram os quarenta minutos mais extensos de toda a minha vida. De certo modo, eles duram até hoje. A tensão daquele silêncio me sufocava e me dava medo. Chegamos em casa por volta das 13h00, quando Benício normalmente está na creche. Nossa conversa se processou na sala de estar. Samara já começou por me chamar de canalha e dar vazão a toda a raiva que vinha represando. Todo um afluxo de lágrimas inundou-lhe os olhos, correndo-lhe pelo rosto desfigurado. Sua saraivada de injúrias durou cerca de cinco minutos, até que, exaurida, ela retirou a aliança do dedo e jogou-a na minha cara, pedindo-me explicações sobre como pude mergulhar tão baixo na lama do mau-caratismo, como havia sido capaz de engravidar minha própria aluna. Como se eu tivesse feito isso sozinho ou à força!

Permaneci calado, de cabeça baixa, durante aquele tempo, apenas ouvindo a fúria de minha mulher. Eu, que nunca usara a minha aliança, por não tolerar o uso de anéis e correntes pelo corpo, mantendo-a guardada na biblioteca, nem isso possuía comigo para ser tirado naquele momento. Ao receber no rosto o golpe da joia que simbolizava o amor, o comprometimento, a fidelidade, a cumplicidade e a perenidade de nosso vínculo, pus-me também a chorar. Sem saber como agir, fiz a última coisa que devia ter feito naquele momento em que era questionado sobre as razões de meu recente comportamento: agarrei os braços de Samara e tentei beijá-la. Ato contínuo, ela se livrou de mim com um safanão, me deu uma bofetada e cuspiu-me na cara, chamando-me de cretino, safado, crápula e mais um longo séquito de desqualificações. Jurou que eu nunca mais lhe encostaria a mão. Em sua ira, chegou a gritar que iria me matar. Mais uma ameaça de morte para a minha coleção. Por fim, com o olhar inflamado pelo ódio, mandou-me desaparecer para sempre, dizendo que, na manhã seguinte, minhas coisas estariam entrouxadas na portaria do condomínio. Ainda tentei argumentar, mas, jogando um jarro em minha direção e espatifando-o contra a parede, ela gritou que chamaria a polícia, que iria até a cozinha buscar uma faca, caso eu não desaparecesse de sua casa naquele momento, para sempre. Não havendo mesmo condições para um diálogo, só me restava ir embora. Tudo indicava que para sempre, de fato.

Ainda hoje, ao escrever isto, vêm-me aos ouvidos o som daquele tapa na cara como o réquiem para o que um dia havia sido uma relação de amor, a náusea daquela cusparada a misturar-se com minhas lágrimas confusas, o ruído daquele jarro a se quebrar como se quebrava um casamento também desfeito em cacos, a torpeza daqueles insultos... Por mais que conhecesse o gênio forte de Samara, nunca a tinha imaginado liberando toda aquela violência. Com justas razões, faço questão de ressaltar.

Tudo isso sobreveio de maneira um tanto repentina. Até meados do semestre passado, minha vida transcorria em segurança e em grau elevado previsibilidade. Estava mergulhado na estabilidade do meu trabalho, na aparente solidez de um casamento com uma mulher da minha faixa etária e meu segmento social, na responsabilidade pela criação e educação de um filho ainda na primeira infância. Possuía uma rotina empobrecedora como toda rotina, mas que me proporcionava tranquilidade bastante para poder atravessar os anos sem grandes transtornos. Isso num país onde tanta gente não pode nem sonhar em ter as oportunidades de desenvolvimento pessoal que tenho tido, onde a existência de tanta gente é marcada pelo transtorno permanente. No entanto, toda essa segurança de pertencer a um segmento mais privilegiado de uma sociedade injusta não anula nossos impulsos, nossos desejos, nossas inclinações perante a vastidão da vida. Isso vai se tornando ainda mais urgente no meio do caminho de uma existência humana, quando adentramos em sua segunda metade e a disponibilidade da juventude foi muito reduzida ou mesmo perdida. Daí a insatisfação com a previsibilidade rotineira dos bem-assentados socialmente. Então nos agarramos a qualquer fiapo de liberdade possível. Mas o preço a pagar pode ser alto demais.

Liberdade e segurança. Liberdade *versus* segurança. Liberdade com segurança. Duas dimensões contraditórias, irreconciliáveis, mas essenciais. Precisamos das duas em equilíbrio. Do contrário a vida será um latejar da insatisfação em surdina. Porém quanto mais segurança, menos liberdade; quanto mais liberdade, menos segurança. Esse o nosso dilema de civilizados mal resolvidos que Freud descreveu.

Esquematizando excessivamente, mas fazendo isso para tentar obter alguma clareza explicativa, posso dizer que Samara era a segurança, a estabilidade, a ordem, o lar, a conquista de um lugar no mundo, o envelhecimento confortável. Marina, por sua vez, era a liberdade, a leveza, a abertura para a vida, a novidade, a imprevisibilidade e um mundo por conquistar. Uma diferença de treze anos as distanciava em suas idades. No caos que acabou por nos envolver, tombamos todos num infortúnio potencializado por uma comunidade que nos fez descobrir, num átimo, que não somos nada para ninguém. Quanto a mim especificamente, perdi a segurança e a liberdade, o sossego e a surpresa. Agora no exílio, com a disciplina requerida para realizar a missão intelectual que aqui me trouxe e a disponibilidade para me movimentar por onde quiser, como quiser, busco me refazer de algum modo. Perdi as duas mulheres e me perdi. Perdi um filho e me distanciei de outro com um oceano de entremeio. Sei que uma reaproximação com ele será muito difícil. Terei de atravessar uma selva de conflitos.

Aquela bofetada, aquela cusparada e aquele jarro lançado contra mim tiveram o poder de envenenar a minha autoestima. Fugindo à tempestade de impropérios de minha já então ex-mulher, encharcado de ignomínia, deixei o meu lar para sempre. Ao ganhar a rua, não sabia nem que rumo tomar. Liguei para Fabiano e contei-lhe vagamente o episódio mais recente de minha estadia no inferno. Ele estava na universidade e me orientou a encontrá-lo dali a duas horas, em sua sala, pois estava para começar uma de suas aulas do período da tarde. Antes de ir para lá, resolvi perambular um pouco pelas ruas do bairro onde morava já fazia cinco anos, desde que passei a viver com Samara. Alguns desconhecidos que passavam por mim, pareciam me olhar de relance, como se meu rosto exibisse, para a sua curiosidade, algum resquício da saliva de Samara, algum eco tardio de sua bofetada. Naquele momento, eu era o último dos homens.

Ao dobrar uma esquina, na entrada de uma padaria, dou de cara com um mendigo – sujo, descabelado, descalço – que se aproxima pedindo algum trocado. Não lhe dou nenhum dinheiro, mas digo-lhe que me espere e entro no estabelecimento. Compro uma variedade de pães, além de presunto e muçarela, uma caixa de leite e um copo descartável de café. Volto à calçada e entrego aquele volume de coisas ao desclassificado de nossa sociedade. É como se precisasse fazer alguma coisa para tentar me sentir bom, me sentir útil. O indigente engrola um agradecimento, fazendo votos de que Deus me retribua aquela generosidade repentina. Sob o olhar simpático de alguns clientes e funcionários da padaria, agradeço mentalmente, em silêncio, a oportunidade de ser bom que o pedinte acabava de me proporcionar. Vou então para a praça, a fim de esperar a passagem do tempo, antes de seguir para o encontro com Fabiano. Sento-me num banco, a observar as pessoas que passam, bem como os desocupados que ali gastam a sua disponibilidade. Estou sem fome e nem me lembro de que não almocei. Na obscuridade dos meus pensamentos, cintilam figuras translúcidas chamadas Marina, Samara, Benício, um filho ainda sem nome. Diante desse filme, retumba-me, no vazio do peito, como num tambor, o sentido profundo de minha própria impotência.

Eram quase três horas da tarde quando me levantei, fui até a rua e tomei um táxi para a universidade. Lá encontrei Fabiano. Exaurido, narrei-lhe em detalhes a história daquele dia. E enfim chorei. Muito. Meu amigo me levou para sua casa e lá me ofereceu, pelo tempo que fosse necessário, um quarto de hóspedes e uma vaga para meu carro na sua garagem. Mas não sem me lembrar, pesaroso: "Você fez tudo errado, meu caro!". Para ele, todo o problema estava em eu haver me apaixonado por minha aluna, em não conseguir fazer com que o caso permanecesse oculto. Eu era o inexperiente definitivo, sem domínio sobre a própria sensibilidade. Como argumentar contra meu anfitrião, a única pessoa a me defender durante todo aquele imbróglio? No dia seguinte, Fabiano buscou minhas roupas e meus sapatos, que haviam sido amontoados num canto da cabine do porteiro, sendo avisado de que, no sábado daquela mesma semana, meus livros também estariam entrouxados na portaria, para que ali também fossem buscados. Até minha partida para a Alemanha, o quarto na casa de Fabiano, atulhado com meus livros, seria a toca onde eu buscaria me esconder de meus predadores.

10

O mês de dezembro já começou com os preparativos para o fim dos cursos e do ano letivo. Na segunda semana, eu receberia os trabalhos escritos que propus aos alunos. Foi o que aconteceu. Mas devido aos ataques que eu vinha recebendo, os quais se intensificaram nesse momento, pela primeira vez desde que me tornei professor na universidade eu entreguei as notas com atraso, depois de ter muita dificuldade para me concentrar na leitura dos ensaios dos estudantes. Como não estava bem certo de poder avaliá-los com muita acuidade, tendi a lhes dar notas mais altas do que normalmente receberiam. Assim, ninguém reclamaria de nada e o ano se fecharia com tudo bem acomodado.

Depois do choque de minha separação em meio à agitação do fim de ano, tive também de lidar com Marina. As vezes em que saí da casa de Fabiano foram ou para ir à universidade ou para encontrá-la em bares ou restaurantes distantes do *campus*. Eu ainda estava confuso e despreparado para enfrentar a realidade de sua gravidez, mas naturalmente lhe daria o apoio de que precisasse. Num desses encontros, seguindo uma orientação de Fabiano, voltei a mencionar, desta vez com um mínimo de sutileza, a possibilidade do aborto. Evoquei sua juventude, sua possível carreira na música, seus sonhos que podiam ser desfeitos ante a necessidade de cuidados com um filho pequeno. Contei-lhe sobre o fim de meu casamento e lhe disse que continuaríamos juntos. Mais tarde, num estágio mais propício da vida, poderíamos até compor uma família e ter outro filho. Enquanto eu desenvolvia esse arrazoado, ela apenas me olhava por sobre sua taça de vinho, o que foi me fazendo abaixar o tom, intimidado. Por fim, sua resposta foi se levantar, pegar a taça e jogar-me o vinho no rosto, partindo sem dizer nada. Seu gesto dizia tudo. Enxuguei-me com um guardanapo, ante o olhar abismado dos outros clientes do estabelecimento, que pareciam não fazer nenhuma questão de serem discretos. Um deles chegou a rir do meu novo ridículo. Chamei o garçom, paguei a conta e evaporei-me dali, com as feições, a roupa e a alma tintas de vinho. Outra vez seria necessário todo um trabalho de reaproximação e quebra da resistência de Marina.

Aquele era justamente o momento em que a onda difamatória atingia sua maior intensidade. Os patrulheiros do comportamento alheio, certos de sua santidade, investiam contra mim por todos os lados: grosserias de toda sorte, bilhetes ameaçadores, "escrachos" do feminismo radical e vulgaridades publicadas em *websites*, jornais sensacionalistas e vídeos de "*digital influencers*" descarregavam sobre mim os dejetos de suas culpas e frustrações. Se tivesse ficado nisso, meu conceito como profissional e como cidadão teria sido destruído, mas, sendo um homem feito, com uma condição intelectual, social e mesmo financeira relativamente propícia, eu teria como me safar e me reconstruir. Até mesmo em outro lugar, como está acontecendo agora. Além disso, eu tinha o apoio de Fabiano e contava com meu pai e minha irmã, que estariam do meu lado, mesmo se convencidos de que eu havia cometido um erro grande. Porém a horda de ressentidos, pretendendo purificar o mundo pela imundície, começou a expor também Marina ao escárnio público. Mauro, com quem ela tivera um caso, insultava-a como havia feito comigo, enviando-lhe bilhetes anônimos nos quais não economizava obscenidades. Comentaristas de blogs e videologs chamavam-na de *sugar baby*, oportunista e coisas piores. Um tabloide a definiu como sendo a minha tese não defendida. Até as feministas organizadas se batiam não pelo direito, mas o dever de Marina abortar. Todos tinham uma avaliação sumária sobre como ela havia se conduzido, um palpite sobre como havia sido manipulada, o que deveria fazer dali para frente. Toda essa violência haveria de transtornar sua cabeça.

A última aula de meu curso a que Marina assistiu havia sido na primeira semana de novembro. Para receber sua nota e não perder o semestre, ela me enviou um ensaio intitulado "A dúvida como mediadora entre Filosofia e Teologia na *Dialética* de Pedro Abelardo". Era um bom trabalho, embora produzido num momento de tantas dificuldades. Por isso foi bem avaliada por mim, o que mais tarde seria questionado como suspeito, durante o processo administrativo. Pelo fato de suas aparições em público resultarem quase sempre em algum constrangimento, ela deixou temporariamente o grupo musical. Passava o tempo trancada em seu quarto, na casa de seus pais, que dias antes haviam tomado conhecimento da gravidez e seus desdobramentos por meio dos canais alternativos na internet, que instigavam alguém a me matar ou Marina a se matar. Em conversas com o pai e a mãe, ela lhes contara que tínhamos tido uma relação decorrente de um envolvimento legítimo, embora para eles não houvesse legitimidade alguma numa relação com um homem casado. De todo modo, sua versão dos fatos deixava claro que não havia ocorrido nenhum abuso de minha parte.

Mas não era isso que pensava a horda de ressentidos, e os ataques continuavam. Marina começou a se sentir deprimida e deixou de sair de casa. Só o fazia uma vez por mês, para se encontrar com o médico obstetra. Passamos a nos comunicar apenas por mensagens escritas, intercambiadas por nossos telefones. Eu já aceitava o prosseguimento da gravidez e o nascimento de nosso filho como ponto pacífico. Havia até me programado de ir com ela ao médico, para acompanhar uma seção de ultrassom, no princípio de janeiro. Só não sabia que tipo de relação passaríamos a ter depois que tudo aquilo passasse.

Jamais vou me esquecer da noite de 21 de dezembro do ano passado. Pelas ruas da cidade havia uma intensa movimentação ligada ao Natal. No fim da tarde, eu havia deixado, com o porteiro do condomínio onde eu morava anteriormente, um livrinho de presente para Benício. Mais tarde, por volta de 20h30, eu estava prestes a começar a jantar com Fabiano, que providenciava os últimos arranjos ao fogão. Enquanto isso nós conversávamos, e eu verificava na internet, na tela do telefone, o que a turbamulta seguia regurgitando contra mim. Foi quando o aparelho tocou. Era o pai de Marina, informando-me de que estava com ela no hospital, que ela lhe pedira que ligasse para mim. Corri para lá, vindo a saber que minha já ex-aluna havia passado o dia com dores abdominais e algum sangramento. Junto a seus pais, que eu encontrava pela primeira vez, fiquei esperando pelo resultado da consulta, na sala da recepção. Os quarenta ou cinquenta minutos que passei a seu lado foram marcados pelo embaraço de parte a parte. Na aflição em que estávamos, conversamos pouco, e nesse pouco falamos em Marina e no bebê.

Até que o médico apareceu e nos chamou para uma sala reservada. Ali recebemos a notícia de que Marina havia perdido a criança num abortamento espontâneo. Embora eu mesmo achasse que aquele não era o momento para que uma mulher ainda tão jovem tivesse um filho e por duas vezes houvesse lhe proposto o aborto induzido em condições seguras, embora nossas circunstâncias naquele momento não favorecessem a chegada de um filho que requereria nossos cuidados e atenções, recebi a notícia da morte natural do embrião como uma estocada no peito. A mãe de Marina chorava, e o pai a amparava. Por alguns minutos eu me sentei, calado e de cabeça baixa, ouvindo as explicações sobre o que acontecera. Após dar a notícia com sua frieza profissional, o médico se retirou e uma enfermeira veio nos conduzir ao quarto de Marina, que seria liberada para voltar para casa algumas horas depois. Quando entramos, ela sentou-se na cabeceira da cama. Tomava uma bolsa de soro intravenoso e estava muito abatida. A conversa inicialmente girou em torno das explicações do médico e dos procedimentos realizados por ele. Mas quem fazia as perguntas, de fato, eram seus pais. Permaneci calado, ao pé da cama. Depois de uns quinze minutos, ela pediu que os pais se retirassem por algum tempo, para que ficássemos a sós. Tão logo eles saíram e eu fechei a porta, recebi sua fala como outra bofetada:

– Você deve estar satisfeito, não é mesmo? Não era isso o que você queria?

Tentei dizer que lamentava muito pelo acontecera, expressar o sofrimento que também era meu naquele momento. Mas só tive forças para me sentar a um canto e deixar as lágrimas correrem, enquanto Marina exasperava-se para outra vez me chamar de covarde e execrar a minha pusilanimidade. Então me disse que nunca mais nos veríamos, que ela não voltaria a se matricular em meus cursos enquanto ainda precisasse estar na universidade. Desculpou-se ironicamente por haver me "seduzido" e me mandou ir embora para sempre. Em respeito à sua dor, a seu luto, saí dali com uma despedida encabulada de homem fraco, ainda não preparado para as provações mais duras da vida. Antes de passar por seus pais, do lado de fora, tentei secar rapidamente os olhos com a manga da camisa. Ao passar por eles, despedi-me erguendo a cabeça, para fingir um mínimo de amor-próprio.

Para mim, o Natal do ano passado teve muito mais as características da Paixão. Os ataques de desconhecidos, os rompimentos com Samara e Marina, o distanciamento de Benício, a morte do embrião foram a Via Dolorosa deste obscuro professor de filosofia. Foi também um calvário para Samara e Benício, para Marina e seus pais. Agora só nos cabe seguir em frente e deixar o tempo exercer sua ação ressuscitadora para uma vida nova, não sei se melhor, não sei se pior que aquela que vivíamos antes de tudo isso.

Enquanto estive no Brasil, busquei saber sobre o que se passava com Marina. Por causa do telefonema que seu pai me dera do hospital, meu aparelho manteve o número da chamada registrado. Porém não tive coragem de ligar para ele e perguntar-lhe sobre a filha. Acabei contando mais uma vez com as habilidades de Fabiano, que costumava conseguir pescar informações sobre Marina através de duas alunas da universidade que se relacionavam com ela. Por essa via, eu soube que a perda do filho teve um efeito devastador e que ela entrara num processo depressivo, precisando iniciar um tratamento para poder retornar à vida. Seguia afastada do grupo musical e já não escrevia mais letras de canções. Enquanto o luto não cumprisse o seu ciclo, esse desconsolo a acompanharia.

Quanto a mim, se minha angústia por haver perdido nosso filho foi menor, visto que eu não o carregava em meu corpo, visto que essa perda foi acompanhada por tantas outras, minha vida tornou-se um vaguear por entre os escombros de tudo o que construí, tanto no âmbito pessoal quanto nas relações sociais. Só não me perdi por completo em virtude da amizade de Fabiano, que era generosa embora não condescendente. Se me dava o suporte de que eu precisava naquele momento, ele criticava minha fragilidade e discordava de ações que eu tomava ou deixava de tomar. Foi dele a ideia de me afastar do Brasil para um pós-doutorado, ocupando-me intelectualmente até que as muitas feridas, minhas e alheias, começassem a se fechar.

Um dia, em meados de janeiro, recebi um telefonema de meu pai, com quem não conversava já fazia algum tempo, devido a tantas atribulações em que eu estava envolvido. Mesmo nas festas de fim de ano apenas trocamos mensagens convencionais por telefone e por escrito. Fui à sua casa, onde jantamos juntos, sozinhos, pois minha irmã havia saído. Ele queria conhecer minha versão dos acontecimentos que vinham agitando a minha vida. Contei-lhe tudo como podia, sem omitir minha incapacidade de lidar com a situação de maneira menos traumática. Ele me ouvia, calado, o que aumentava minha apreensão pelo que estaria pensando de mim, o filho que considerava ser a vitrine da família, fazendo aquela confissão de inépcia para as relações afetivas mais básicas. Viúvo havia cinco anos, sem ter tido outras relações desde então, ao menos que eu soubesse, meu pai me perguntou se Marina havia sido apenas uma aventura ou se fora algo mais que isso. Afirmei-lhe, convicto, que havia me apaixonado por ela de verdade, que ainda a amava, embora fosse agora desprezado. Confessei-lhe até mesmo as duas ocasiões em que sugeri que Marina abortasse. Por fim, mencionei a ideia de sair do Brasil e ficar distante por algum tempo, contei-lhe que medidas burocráticas já vinham sendo tomadas para que isso acontecesse.

Com um olhar condescendente, meu pai lamentou os danos causados a mim e aos outros, aconselhando-me a realmente me distanciar para que as coisas se assentassem com o passar do tempo, inclusive para que os ataques difamatórios contra mim e contra Marina perdessem a motivação. Nesse período, ele buscaria ter contato com Benício e me mandar notícias de meu filho. Até que, meio de supetão, me revelou algo surpreendente. Quando eu e minha irmã éramos crianças, ele mesmo vivera um *affair* paralelo ao casamento. O caso durou oito meses, e meu pai também se apaixonou. Porém fez a escolha de manter a família coesa e renunciou ao novo amor. Pelo que me disse, minha mãe nunca chegou a saber de sua outra relação. Mas, pelo conhecimento que tive de sua personalidade, se tivesse sabido, ela o teria perdoado em nome da coesão da família, da segurança dos filhos. Outros tempos, outra mentalidade. Outro ser humano talvez, outra forma de conduzir a vida e fazer opções.

Meu pai está hoje com 68 anos aparentemente serenos. Terá restado, em seu espírito, algum resíduo daquele amor de oito meses, mantido em segredo até nossa conversa? Não sei. Só sei que ele fez uma escolha e foi coerente com ela por toda a vida. Teve um mínimo de claridade, exerceu um mínimo de firmeza. Tudo o que parece ter me faltado: escolha, claridade e firmeza para tomar um caminho ou outro na encruzilhada em que vida me colocou.

11

Escrevo o meu nome no Google e procedo a uma busca. Até alguns meses atrás, quando fazia isso, encontrava remissões para artigos que publiquei em revistas acadêmicas, participações em eventos culturais, entrevistas para jornais e revistas, bem como para *websites* dedicados ao debate filosófico. Toda uma trajetória de muitos anos de estudo, ensino e pesquisa parece ter sido apagada, submersa que foi numa avalanche de injúria. Minha foto, captada sem autorização no *site* da universidade, está reproduzida em jornais, blogs, redes sociais e "fóruns" de discussão na internet. Em quase todos sou apresentado como um vilão comedor de mocinhas indefesas. São chocantes o primarismo das narrativas e interpretações, a vulgaridade da linguagem, as perversões em mim projetadas. Esse é o registro que ficará de mim, para sempre, na rede mundial de computadores; um registro que será consultado por meu filho um dia, quando ele crescer, que fornecerá informações a meu respeito para alguém que eu vier a conhecer com a intenção de me envolver e formar um casal, para um futuro empregador em perspectiva, caso algum dia eu não esteja mais na universidade. Meus netos e bisnetos mesmos, caso venham a se interessar por sua ascendência, haverão de se deparar com tal registro a meu respeito.

Como coroamento de minha queda, este ano começou com a instauração do processo administrativo para apurar minha conduta e minha ética profissional. Desde que o escândalo explodiu, gerando manifestações na universidade e na internet, bem como reportagens da imprensa marrom, iniciou-se uma movimentação para que um processo disciplinar fosse aberto contra mim. Em nenhum momento anterior a essa medida, algum burocrata ou Cecília, que então chefiava o Departamento de Filosofia, propôs conversar comigo e conhecer minha versão dos fatos.

Instaurado o processo, justamente Cecília foi designada presidente da comissão que iria investigar os meus atos. Outros dois professores, pertencentes a outros departamentos das Humanidades, compuseram a comissão. Em meados de janeiro recebi uma intimação para comparecer à primeira audiência, marcada para a semana seguinte. Houve duas outras, e obviamente foi muito penoso remexer em minúcias de acontecimentos que haviam provocado tanto sofrimento ao longo dos últimos meses. Contra mim, foi apresentado um dossiê com reportagens de jornal, chamados para manifestações e textos de *websites*, além da exibição de vídeos curtos com depoimentos de desconhecidos que me acusavam de assédio. Quiseram trazer Marina, para que também depusesse contra mim, mas ela se recusou a fazer isso. Porém outra aluna, pertencente às hostes do feminismo radical, despejou um discurso cheio de clichês acerca de relações de poder, *status*, privilégio, autoridade, consentimento induzido e vantagens históricas construídas por esta sociedade patriarcal que temos de derrubar até o último fragmento do alicerce. Para ela, o caso não envolvia duas individualidades, duas pessoas, mas dois arquétipos, duas representações. Felizmente estávamos em período de férias, o que contribuiu para que não houvesse, do lado de fora da sala, um grupo qualquer de pressão para que eu fosse condenado. Fabiano testemunhou em meu favor, com um relato sobre como acompanhou o desenvolvimento do caso na condição de meu colega de trabalho que, em algumas ocasiões, teve de intervir pessoalmente para me proteger das violências com as quais eu era ameaçado. Nas vezes em que pude me defender, evoquei meus seis anos de atuação na universidade como professor, bem como os outros dez ou onze como aluno, sem que nada maculasse minha trajetória. Quanto a minha relação com Marina, por mais constrangedor que fosse para mim ter de expor minha vida pessoal e minha intimidade diante da comissão e de meus acusadores, tive de descrevê-la em detalhes, afirmando que se tratou de uma história de amor autêntica entre um homem e uma mulher, por mais que nossas condições se diferenciassem bastante e dificultassem a que pudéssemos vivenciá-la como os casais comuns. Sim, eu era casado, pai, quatorze anos mais velho e seu professor. Sim, de nossos encontros resultou uma gravidez, mas uma gravidez que dizia respeito a mim e a Marina. Todo o nosso envolvimento fazia parte de nossa esfera privada. Portanto, a universidade não possuía o direito de devassar a minha vida pessoal e íntima. Muito menos jornalistas, ativistas e comentaristas em busca de sensação.

No que tange a minhas obrigações profissionais, segui realizando o meu trabalho da forma como que podia, dentro das circunstâncias hostis que se estabeleceram no decorrer do semestre passado. E, ao final do ano letivo, havia entregado ao departamento o que se esperava de mim.

Para finalizar, aleguei já ter sido julgado, condenado e punido com toda a difamação que sofri, com o descrédito de minha imagem perante a opinião pública, obra de um tribunal informal cuja sentença sumária não possuía fundamentos que não fossem opiniões e preconceitos. Ainda mais grave do que isso foi a perda do filho sofrida por Marina. Se houve a fatalidade do aborto espontâneo, ninguém poderá medir o quanto a pressão psicológica da *blitzkrieg* moralista sofrida por ela contribuiu para esse desfecho de sua gravidez e do nosso relacionamento.

Essa foi basicamente a minha defesa. Ainda tive de dar respostas a uma série de perguntas que giravam sempre em torno das mesmas coisas: se não havia me aproveitado do poder que tinha sobre minha aluna, se ela de fato havia se entregado a mim espontaneamente, se eu considerava apropriado o tipo de relação que mantivemos. Reiterei muitas vezes que tinha vivido uma relação de amor com Marina, que essa relação havia sido, tanto quanto possível, igualitária, que tinha havido consentimento e entrega mútua em tudo o que fizemos. Quanto a ser apropriado, declarei ali, em público, a minha dúvida. Ou melhor, a relatividade dessa adequação. Do ponto de vista estritamente profissional, não é. Num ambiente hierarquizado e formal como a universidade, em que os papéis de professor e aluno estão definidos com clareza, pelo próprio bem do serviço que a instituição oferece, pela própria regularidade das relações entre os membros da comunidade acadêmica, é melhor que cada um ocupe o seu lugar e se comporte de acordo com as conveniências estabelecidas. Tudo ali convida a processos estáveis e previsíveis. No entanto, professor e aluno são apenas dois papéis que desempenhamos em sala de aula. No fundo, para além desses papéis, há duas sensibilidades livres que as conveniências não podem aprisionar. Dessa liberdade de nossas subjetividades surgiu uma ligação incômoda inclusive para mim e Marina, ofensiva para os ressentidos que procederam ao linchamento de nossas reputações.

Só naquele momento, diante da comissão, após meses de ataques em grande parte conduzidos por gente que sequer me conhecia, eu pude falar e expor minha visão do que tinha acontecido. Nem consegui ser muito eloquente, mas fui sincero na exposição de meus argumentos, honesto na forma de contar a história de meus recentes infortúnios.

Ainda tive de ouvir críticas pesadas por parte de Cecília, que não se deixou convencer por minha defesa, considerando que eu havia cometido uma falta grave contra a ética que se espera de um professor da universidade pública. Por sorte, desde o início os outros dois membros da comissão se mostraram mais benevolentes, evitando julgamentos baseados num moralismo não previsto nos códigos da instituição. Fizeram questionamentos, mas evitaram emitir seus juízos, dirigindo-se, em sua fala pública, diretamente a mim. Além disso, deram grande importância à materialidade do que foi apresentado como prova de minha má conduta, ou seja, o dossiê que lhes foi apresentado. Este obviamente não provava nada, apenas reunia manifestações de escárnio e intolerância contra um relacionamento que os detratores julgavam inaceitável em si mesmo, devido às idades e aos papéis sociais representados pelas duas partes. Testemunhas de acusação chegaram ao ponto de atribuir a mim a culpa pela gravidez de Marina e a perda do filho. Vistos pelo seu viés, tais acontecimentos constituíam dois crimes hediondos de um macho irresponsável. Como se a gravidez tivesse resultado de um estupro! Como se a perda do filho tivesse resultado de alguma violência física perpetrada por mim! Como se a violência psicológica que Marina sofreu não tivesse sido obra desses mesmos acusadores!

Ao final das três semanas em que fui obrigado a revisitar publicamente as entranhas daquela história, construindo sobre ela uma narrativa que eu acreditava justa, pelo menos nuançada, a comissão, por dois votos a favor e um contra, decidiu arquivar o processo. Como complemento extraoficial dessa resolução, foi feita uma recomendação de que eu me afastasse da universidade por dois anos e viesse desenvolver um projeto de pós-doutorado na Alemanha, para o qual minha candidatura já vinha tramitando fazia cerca de dois meses. Se necessário, o prazo para a realização de minha pesquisa no exterior poderia ser estendido por mais um ano. Era o tempo de a poeira baixar, de meus alunos do ano passado se formarem e saírem da universidade, de o escândalo em que me envolvi ser esquecido pela própria ação do tempo e de outros escândalos que alimentam os jornais, o moralismo militante nas redes e os movimentos sociopolíticos radicais.

Tão logo foi anunciada a decisão, ainda houve alguma reação indignada dos que me atacavam. Mas estávamos em época de férias e início de ano, quando as atenções estão voltadas para aspectos mais amenos da vida. Além disso, o assunto já estava desgastado pelo próprio uso que dele fizeram.

Agora, passados dois meses, a milhares de quilômetros de distância, reflito sobre como a irritabilidade, a impaciência e a agressividade se tornaram uma técnica para vencer um debate pela imposição do ponto de vista de quem tem a palavra, para exercer uma crítica apressada e violenta que urra palavras fortes em frases bombásticas. Como se isso conferisse autoridade ao debatedor ou ao crítico! Tal postura é o oposto da tradição filosófica, que instila a dúvida, que vê o debate e a crítica como meios para uma aproximação do que se poderia chamar de "verdade", ainda que idealizada. Portanto, debate não é para ser vencido por uma das partes, crítica não é para fazer ressaltar a superioridade moral de ninguém. Quem agride não persuade, apenas faz vibrar as fibras da própria insegurança.

Volto as atenções novamente para o navegador e o site de buscas na internet. Lá estão por volta de 5.500 resultados em que meu nome aparece. A grande maioria deles relaciona-se a meu romance com Marina e seus desdobramentos. Mesmo neste recanto do mundo e mesmo com a sucessão dos dias, semanas e meses que já começa a realizar seu trabalho cicatrizante, não consigo deixar de me espantar com a coletânea de boçalidades que foram ditas e escritas sobre mim, ou melhor, contra mim. Antes um desqualificado qualquer, ou um grupo deles, exprimia sua inépcia nos botecos, nos almoços de domingo em família, nos cafezinhos de empresa, e sua estultice morria ali mesmo, sem nenhum efeito sobre a coletividade. Hoje o despautério é projetado para o mundo e potencializado, chegando a milhares de outros desqualificados que o reproduzem, comentam, lhe dão *likes*. Diante da tela de aparelhos moderníssimos, utilizando uma invenção maravilhosa para conectar pessoas distantes que jamais se encontrariam, esses novos bárbaros, com retórica simplista e vocabulário chulo, estão aí para fazer terra arrasada de reputações alheias. A minha, por exemplo, é hoje uma cidade saqueada que terá de ser reconstruída lentamente, se é que algum dia se reerguerá de fato.

12

A noite cai ainda por volta das 18h30. Olho pela janela e vejo a movimentação de pessoas voltando do trabalho para casa. Sozinho em meu quarto, sozinho na Alemanha, sozinho no mundo, penso em tudo o que ficou para trás, mas ainda repercute em mim. É como se nos últimos seis meses eu tivesse vivido muito mais do que em muitos anos de minha vida anterior e, consequentemente, também tivesse amadurecido muito mais. Avaliando o sorvedouro que me tragou, mas não me destruiu, sou levado a me recolocar a questão de ser ou não apropriado o tipo de relação que tive com Marina.

Estou hoje mais seguro de que essa relação – uma relação de amor – foi algo que simplesmente aconteceu. Portanto, o problema da apropriação não se coloca. A minha falha, porém, esteve na incapacidade de fazer uma escolha fundamental: permanecer na segurança do lar construído com Samara, reforçado por Benício, ou me lançar na liberdade oferecida por Marina. Segurança e liberdade. Segurança *versus* liberdade. Dois valores essenciais, tantas vezes dissociados. Eu não soube uni-los nem optar por um deles, abrindo mão do outro. Por isso perdi Samara e perdi Marina da pior forma, disseminando mágoas. Paradoxalmente, nesta espécie de autoexílio que se seguiu, vou começando a reencontrar o mínimo segurança e liberdade que esta solidão remunerada na Europa agora me proporciona. Meu erro, ou melhor, meu defeito de personalidade foi minha fraqueza emocional na forma da indecisão, da subserviência e da timidez. Não sabendo como agir naquela situação inédita, não consegui agir de modo algum. Precipitaram-se, então, as *blitzen* performáticas e midiáticas de rancorosos contra a minha dignidade. Pouco depois iriam atingir também Marina. Talvez tenham atingido o filho que ela perdeu, que nós perdemos. Agora que o espetáculo da minha abjeção terminou, eles devem estar com as armas de sua santa cólera de gente de bem fuzilando outras pessoas de corpo ou sexualidade diversa, ideologia política ou religiosidade diversa, posição social ou condição intelectual diversa. Se tivesse eu mesmo de julgá-los, com a minha reconhecida fraqueza eu os absolveria a todos, desde que se comprometessem a ser, daqui para frente, mais gentis, mais empáticos. O mundo está sempre velho de estupidez e violência, mas sempre novo de cortesia e generosidade.

Saio para passar algumas horas deste início de primavera na mesma cervejaria onde estive outro dia. Beberei minha *Weizenbier* sozinho, com minha timidez refugiada a um canto. Fabiano promete vir me visitar em julho, quando nos sentaremos do lado de fora de algumas cervejarias da cidade, ao calor do verão, para degustar a diversidade dessa bebida tão amada pelos alemães, com copo, caneco e ritual próprios. Desejo retribuir em hospitalidade um pouco do que meu amigo, talvez o único que tenho, fez por mim. Durante os meus últimos dias em seu apartamento, eu já estava aflito com o prolongamento do incômodo que eu vinha lhe causando, seja por quebrar a rotina de seu lar, seja por envolvê-lo na barafunda que havia me sequestrado. Foi com alívio, mas com a tristeza de separar-me de um benfeitor, que parti para o aeroporto, ainda assim conduzido por ele, em seu carro. Ao nos abraçarmos na entrada para a zona de embarque, ele me deu dois tapinhas na face com os dedos da mão e profetizou que muito em breve a "carnadura abundante" de uma valquíria tedesca me faria esquecer o enxovalhamento que vinha me abatendo nos últimos quatro ou cinco meses, que a "cavalgada" dessa valquíria me curaria do desastre sofrido em meu trânsito de Samara para Marina, de Marina para ninguém.

Amado Fabiano! Se esse for meu destino, que venha lá essa carnadura e essa cavalgada germânica. Mas sigo ruminando o meu luto. Desconfio que meu saldo residual de melancolia não esteja me tornando muito atraente. Levarei mais algum tempo até estar novamente pronto para carnaduras abundantes e cavalgadas de valquírias. Enquanto isso, poderei ao menos me deleitar com o mimetismo sonoro da *Ritt der Walküren*, de Wagner, que às vezes preenche o silêncio de meu apartamento ao final das minhas horas de estudo. Então fecho os olhos e me deixo conduzir pela marcha guerreira das deusas nórdicas.

Chego ao bar, tiro o casaco ligeiramente molhado pelas gotículas da garoa fininha que cai lá fora, sento-me na penumbra de um canto com vista para a rua. A noite baixa numa escuridão repentina. Peço a primeira cerveja e fico observando, ao redor, os desconhecidos a falar essa língua tão diferente da nossa, a gesticular e a rir de modo distinto. Pelos próximos dois anos estarei imerso nesta cultura que produziu tantos grandes pensadores que enfrentaram as questões fundamentais do homem. Tanto no mestrado quanto no doutorado eu me dediquei ao estudo da obra de um deles, para quem o mundo, tal como o percebemos, é um conjunto de pálidas representações de nossa consciência em sua relação com o espaço e o tempo. Neste mundo, a vida humana seria regida pela vontade, elemento que praticamente nos define. Quando expressa na forma do desejo sexual, ela mantém a continuidade de nossa espécie por meio da reprodução. Mas essa mesma vontade está na raiz do sofrimento inerente a todos nós, pois a satisfação gerada pela realização de um desejo não dura muito, e a vontade satisfeita gera outras vontades e novo estado de descontentamento. Portanto, mais sofrimento. Além disso, a existência humana se marca por um permanente conflito de vontades, mais ou menos intenso, mais ou menos violento. Somente a arte e uma postura ascética podem fazer com que superemos a constante geração de vontade e sofrimento, bem como o conflito contínuo de vontades, nos proporcionando um mínimo de serenidade no desassossego do mundo. Se eu tivesse saído de minhas pesquisas conseguindo aplicar essa estética e essa ascese à minha conduta, teria tido uma existência menos agônica. A filosofia, como para os antigos, só terá sentido se nos ajudar a viver melhor.

Quando eu retornar para o Brasil, encontrarei outra realidade. As coisas mudam muito em dois anos, ainda mais para quem esteve ausente. Decidi passar esse tempo todo por aqui, mesmo que não volte a encontrar meu filho ao longo de todo esse período. Sei o que vou perder, o que já estou perdendo. Dois anos ou três na vida de um menino na primeira infância compõem toda uma etapa da vida. Se em parte faço isso para me refazer, faço-o também por ele, para que não assista a conflitos exaltados entre mim e sua mãe. Embora Benício não compreenda o que está se passando, o tempo haverá de assentar as coisas, e ainda haveremos de estar juntos. Vou querer então ouvir suas risadas de novo.

Benício: "o que está sempre bem". Meu pai e minha irmã me enviarão notícias de você. Já estou sentindo muito a sua falta aqui. E você a minha, por certo. Aprenderá cedo demais sobre as perturbações desta vida.

A ferida aberta de Samara haverá de se fechar, como tem de acontecer, e ela tomará seu rumo, provavelmente no rumo de outro homem. Não é uma boa ideia tentar me comunicar com ela agora, mas não vejo objeção em fazê-lo num futuro mais propício. Lamento pelo desgosto que lhe causei. Pena que o amor não respeite contratos nem dure pelo tempo que desejamos. Este "cretino, safado, crápula" e tudo o mais que sua fúria despejou deseja-lhe paz e a fidelidade de um companheiro que eu não soube ser. Ou que fui por algum tempo apenas.

As feridas físicas e emocionais de Marina haverão de permanecer. Talvez nunca se curem de todo. Se eu não tivesse sido um pusilânime, teria feito a opção de estar a seu lado desde que o escândalo estourou. Então o feto que eu quis abortar talvez houvesse progredido e nascido na forma de um filho, meu segundo filho.

Fabiano me considera um ingênuo extemporâneo, mesmo com toda a minha filosofia a tiracolo. Pode ser que sim.

Se a confrontação com a adversidade e o sofrimento nos fortalece e nos humaniza, haverei de retornar ao Brasil um tanto melhor do que eu era antes. Já sinto saudades do meu filho, ainda penso em Marina, me lembro do dia a dia na universidade, das minhas aulas, dos almoços com Fabiano. Mas estou disposto a cumprir bem o projeto que me trouxe aqui, vivendo um dia de cada vez. O supervisor de minha pesquisa me recebeu com gentileza e atenção, e a universidade me oferece as melhores condições para a boa realização de meu trabalho. Não tenho do que me queixar, portanto. Ao contrário, só posso agradecer pela sorte de poder estar aqui, agora.

Com o correr dos meses, Marina também irá ficando para trás. Por enquanto, vou vivendo como na carta de Abelardo e na canção que ela inspirou: "Fujo para longe de ti, como se evitasse um inimigo, mas sem cessar te procuro em meu pensamento. Trago tua imagem na memória, de modo que me traio e me contradigo: eu te odeio, eu te amo".

Abelardo e Heloísa... O pensamento do primeiro e a história do casal frequentaram meu curso de história da filosofia medieval no semestre passado. A história de minhas desventuras possui alguns paralelos com as suas. Contudo, se o seu sofrimento foi muito maior que o meu, se eles se amaram pelo resto da vida, se hoje estão enterrados juntos num mausoléu em Paris, de minhas peripécias não há de restar nada para além de algum amadurecimento pessoal e um melhor conhecimento da psicologia da massa conectada. Já é alguma coisa.

Mesmo depois de tudo o que passei, não me vejo conquistando uma força de personalidade suficiente para conseguir refrear a vontade e mantê-la sob controle, à maneira proposta por Schopenhauer ou pelo budismo. Se souber ao menos vivenciá-la com inteireza, fazendo uma escolha e assumindo a responsabilidade que me couber, isso também já será alguma coisa. Ou melhor, muita coisa.

Nesta noite úmida de sábado, já passando das 23h00, tomo o último gole do último copo de cerveja. Desta vez, estive sozinho em minha mesa, sem que ninguém iniciasse uma conversação comigo sobre futebol ou qualquer outro assunto. Mas me diverti observando, com simpatia, os alemães ao redor, que nada sabem de mim nem de minhas recentes tribulações. Pago a conta, recolho meu casaco e volto para casa tomando a linha vermelha do metrô. Ao sair para caminhar as três quadras até a estação, sinto que estou ligeiramente embriagado. O frio me provoca algum arrepio e um vapor me saindo pela boca, ao respirar. Chego em casa, dispo-me rapidamente e desabo sobre a cama, para dormir uma longa noite sem sonhos. Enfim começo a descobrir que é bom estar sozinho e distante, não pensar em nada, não querer nada, não ser.

QUASE TUDO, QUASE NADA

A CASA DO AMOR

Contar a própria história é, ao mesmo tempo, vivê-la e se ver vivendo; é, como narrador, reconstruir-se como personagem de si mesmo. Este é, muitas vezes, mais coerente e mais verossímil que o homem de carne e osso que transitou pela vida como se a desbravasse, sem saber aonde iria chegar, se for mesmo necessário chegar a algum lugar na trama de fios soltos desta vida. É recortá-la e remontá-la, selecionando certas partes e descartando outras ao sabor do que a memória reteve como significativo, pitoresco, traumático, engraçado, estranho.

Pensei nisso hoje, ao acordar bem cedo, sozinho no quarto ainda escuro da casa de minha mãe, para onde retornei há dois meses, a fim de passar algum tempo em sua companhia e na de minha irmã. Em seguida, por algum tempo revisitei minhas redes sociais, minha coleção de fotografias tiradas nos últimos quatro anos, as mensagens trocadas pelo telefone durante esse período. Principalmente, foi um tempo em que repassei, no computador, as notas de um diário que mantive ao longo desses anos. Como ordenar esses fragmentos – às vezes contraditórios, sempre muito colados ao momento em que foram escritos – de modo a construir uma versão coerente dos acontecimentos, uma versão que explique os descaminhos da vida e me faça compreendê-los para poder seguir em frente?

Há amores pacatos ou que se distendem na domesticidade de um relacionamento sem grandes conflitos. O bom senso da meia-idade nos recomenda que escolhamos construir um lar e um patrimônio, ter filhos e educá-los na felicidade diluída proporcionada por esse amor sereno. Mas há também amores difíceis, de alta voltagem, em que se vivenciam emoções mais profundas. Estes costumam não durar muito, porém deixar marcas permanentes como antigas cicatrizes. Eu já experimentei essas duas formas de amor. Se tiver de escolher uma delas, eu diria que gosto mais da segunda.

Começarei a contar minha história por uma noite de sábado, 21 de setembro, por volta das 22h00, há aproximadamente quatro anos. Naquele dia eu saí com meus amigos Patrick e Marcelo. Eu me lembro bem de tudo o que aconteceu. Fomos ao bar Pulo do Gato e nos sentamos na mesa número 56. Entre diversos copos de cerveja, conversamos sobre política, música, problemas de nossa cidade, amigos ausentes, mulheres, relacionamentos... Mulheres e relacionamentos. Quando adentramos por estes assuntos, pus-me a falar muito, ao ponto da indiscrição, talvez pelos efeitos etílicos da bebida, que levemente já se faziam sentir. Diante dos olhares e ouvidos interessados de meus amigos, eu soltei uma frase de efeito que se pretendia um rasgo de originalidade: "O coração é uma casa assombrada por amores passados". Cheguei mesmo a nomear os fantasmas que habitavam a minha própria casa: Mirella, prima-dona de minha adolescência; Simone, arquiteta de meus anos de faculdade;

Soraia, minha esposa num casamento breve, que teve o prazo de validade da paixão; Teresa, oito meses de loucura que fizeram dela a mãe de minha única filha; Lorena, último romance de longo curso, cada vez mais tenso no decorrer dos dois anos e meio que durou, por não nos entendermos sobre quase nada, embora tivéssemos uma atração inexplicável um pelo outro.

Tudo isso para dar suporte à ideia de que, numa nova relação, quando ela surgisse, quando ela viesse a se construir, o sujeito que viria a buscar uma composição para se contrapor a nosso destino de solitários seria eu mesmo mais Mirella, Simone, Soraia, Teresa e Lorena. E olhe que eu nem levava em conta os inúmeros casos passageiros e inconsequentes que se produziram entre elas, dos quais não restou uma história, um espectro a habitar os cômodos – ou os incômodos – de minha casa assombrada. Claro que a outra parte da nova relação também haveria de trazer consigo todo o seu próprio séquito de fantasmas.

Em meio ao alarido de vozes que preenchia o ambiente do bar, meus dois companheiros – amigos de muitos anos – eram quatro ouvidos benevolentes diante da minha língua desatada a confessar aquela vigência dos amores passados como um currículo dos meus afetos. Quando falaram, Marcelo saiu filosoficamente em defesa do amor ancorado no presente como um método para esconjurar os fantasmas do passado. Já Patrick preferiu levar a coisa na brincadeira:

– Se os amores passados habitam em nós, então eu sou uma moradia popular chinesa, onde se amontoa uma legião!

Não me lembro como o assunto começou. Nem tinha ideia de como aquilo iria terminar. Só me recordo de que as coisas estavam nesse pé quando, à mesa ao lado, até então vaga, sentaram-se duas moças desconhecidas. A certa altura, cerca de uma hora depois, puxei conversa com elas. Mais um pouco e propusemos que juntássemos as mesas, a princípio com o mero propósito de socialização. De todo modo, sendo Patrick homossexual, de saída não havia dificuldade para a possível formação de dois casais naquele quinteto.

As duas recém-integradas a nossa mesa chamavam-se Lisandra e Marcela. Ambas tinham boa conversa e falavam sobre tudo. Mas recusei-me a voltar ao assunto da casa assombrada do amor quando meus amigos o insinuaram. Receava que elas pudessem achá-lo um tanto ridículo, já que meus próprios amigos faziam pilhéria da minha teoria. Lisandra, que havia se sentado a meu lado, era mais articulada. Um tipo *mignon*, de beleza delicada. Tinha o cabelo curto e repicado, com as pontas na altura dos ombros. A cor era um castanho acobreado que combinava bem com o tom de seus olhos. Estes eram pequenos, perscrutadores, discretamente sombreados rente à sobrancelha. Nas orelhas, portava brincos pequenos em que se destacava uma pedra verde combinando com uma pulseira que ela trazia no braço esquerdo. Trazia ainda um jogo de anéis fininhos nos dedos. Usava um vestido azul claro que ia até a altura dos joelhos e sapatos de salto moderadamente alto. Não me lembro de detalhes da aparência de Marcela, que era mais alta que Lisandra. Recordo-me apenas que ela vestia uma roupa escura mais despojada.

Falamos sobre coisas do dia a dia, lugares que frequentávamos, o que estava acontecendo no campo da cultura e do entretenimento. Elas moravam numa região da cidade que, se não ficava longe do nosso bairro, também não ficava muito perto. Patrick era o mais expansivo, dizendo coisas que provocavam risos de tempos em tempos. Elas bebiam conosco e iam ficando mais à vontade à medida que íamos nos comunicando e trocando experiências.

Aquela reunião e aquelas conversas resultavam do inesperado e da minha audácia incomum ao puxar papo com as duas moças que se sentaram na mesa ao lado. Naquele momento, nós e elas estávamos diante do imponderável da vida. Mas tudo indicava que dali a algum tempo elas se levantariam, deixariam o Pulo do Gato e tomariam seu rumo, provavelmente para suas casas. Talvez trocássemos telefones e nos falássemos dias depois. O imponderável, porém, nos apresentaria um segundo estágio, iniciado quando, num verdadeiro pulo do gato, já por volta da meia-noite, Patrick propôs que todos nós fôssemos terminar a noite num bar dançante *gay* que ele costumava frequentar, não muito longe dali. Fosse pela busca de novas sensações, fosse pela mera curiosidade por um ambiente onde nunca haviam estado, os outros quatro aceitaram a sugestão, embalados pela extravagância comum à meia-noite dos sábados.

UNICÓRNIO

Nossa noite prosseguiu no Unicórnio, um estabelecimento de fachada *kitsch*, com o mitológico animal que lhe dá nome e que é um ícone *gay* ocupando grande espaço acima da entrada, rodeado por luzes coloridas, exibindo um fálico chifre cor-de-rosa no meio da testa. A decoração interior era um pouco mais sóbria. Porém, sobre cada mesa, no suporte para guardanapos e no descanso para copos, estava presente o mesmo unicórnio da fachada. No salão escuro atravessado por uma pletora de luzes coloridas, vários rapazes e algumas moças cortejavam parceiros do mesmo sexo ou já eram partes de casais formados, trocando carícias, fazendo confidências. Como trilha sonora da noite, tocava-se uma longa série de canções das décadas de 1970 e 1980. Nessa época, nós – eu, Patrick e Marcelo – estávamos por nascer ou ainda éramos bebês de colo. Lisandra e Marcela, alguns anos mais jovens, nem nascidas eram. De todo modo, apreciávamos o que ouvíamos, como se tomássemos emprestadas algumas referências de uma geração anterior à nossa.

Nos instalamos, os cinco, numa mesa a um canto e ali ficamos a conversar, beber e observar o ambiente e as figuras que para ali acorriam, lotando a casa nos fins de semana. O dono do estabelecimento, o gerente, o *disc jockey* e os garçons eram todos homossexuais. Estes últimos portavam, inclusive, no meio da testa, um pequeno chifre decorativo, tendo ainda o rosto maquiado ligeiramente em *pancake* branco. A não ser para Patrick, aquele nicho era uma novidade cheia de interesse para nós outros, a quem tudo ali chamava a atenção: a ambientação, os cheiros, o movimento dos corpos, o modo como se dançava, as conversas, o modo de se fazer a corte... Era como se de repente nos encontrássemos em terra estrangeira.

Patrick funcionava como nosso guia naquele mundo, contando histórias de outras ocasiões em que ali estivera, dando explicações sobre o significado do unicórnio na cultura homossexual, chegando a responder perguntas sobre o consumo de drogas no local ou o que ocorria nos banheiros da casa, se havia mesmo os convencionais banheiros masculino e feminino. A não ser pela excentricidade de tudo a nossos olhos *straight*, em muitos aspectos o bar dançante se assemelhava a outros não destinados àquele nicho de público: a música, o profissionalismo dos funcionários, a ocupação do espaço pelas mesas, as áreas da pista de dança e de atendimento.

Desde que entramos, Lisandra se mostrou muito animada com o rumo inesperado que sua noite tomou. Fascinada por aquela estética, ela observava tudo, fazendo muitas perguntas a Patrick. Eu também tinha interesse por tudo à nossa volta, mas minhas atenções foram todas capturadas pela própria Lisandra desde o momento em que ela chegou com sua amiga e sentou-se próxima de nós, no outro bar. Algo em sua aparência, em sua voz, em seu jeito de falar, de sorrir, de olhar tocava alguma corda em algum recesso da minha sensibilidade. Mas eu não sabia como agir. Talvez ainda fosse cedo demais para praticar qualquer ação. Ou tudo aconteceria naturalmente, quando a oportunidade aparecesse.

Marcelo percebeu logo meu interesse por Lisandra. Até mesmo para evitar algum flerte equívoco no ambiente em que estávamos, seria aconselhável que ele e sua homônima – mais alta, de corpo mais exuberante que o da amiga – também formassem um casal no decorrer daquela noite, que ainda estava apenas começando para nós.

Patrick, por sua vez, era um unicórnio perambulando livremente em seu próprio *habitat*, em plena disponibilidade para o que viesse a acontecer.

Estávamos havia meia hora passeando os olhos ao redor, conversando sobre o que víamos e nos divertindo, quando se deu outro pulo do gato em nossa noite. De repente, começou a tocar "Dancing queen", e Patrick, dando um salto da cadeira, puxou-nos a todos em direção à pista de dança. Na pista apinhada, nos esbaldamos apertados entre aqueles moços com seu gestual profuso de braços, pernas e bocas. Um holograma com o unicórnio símbolo do estabelecimento era projetado entre nós. Depois de tomar alguns *drinks* que nos deixaram mais soltos, estávamos ali, naquela situação tão inusitada que jamais poderíamos tê-la imaginado quando saímos de casa. Eu e Lisandra, Marcelo e Marcela éramos os únicos héteros no bar. Mesmo para Patrick, que frequentava o lugar sozinho ou em companhia de outros homossexuais, estar ali conosco era um acontecimento estranho e não planejado.

Não sei quanto tempo depois de Lisandra e eu irmos para a pista de dança ocorreu o primeiro beijo, essa baliza primeira de uma história de amor. Foi uns vinte minutos depois. Ou trinta, ou quarenta, não me lembro exatamente. Embora tenha ousado puxar conversa com ela no Pulo do Gato, naquele instante, ali dançando, eu me sentia um tanto acanhado. Movíamo-nos frente a frente e nos mirávamos nos olhos, entre mil luzes coloridas que nos atravessavam. Até que ela veio se aproximando, se pôs cara a cara comigo e o beijo aconteceu como algo que estivesse escrito desde sempre. De olhos fechados, recebendo o calor dos lábios de Lisandra sobre os meus, de seu corpo em meu corpo, a textura de seus cabelos em minhas mãos, eu contemplava unicórnios, poeira de estrelas, auroras boreais e tudo o que há de prodigioso no universo.

Ainda ficamos ali por algum tempo, ainda nos beijamos outras vezes, antes de retornarmos para a mesa que ocupávamos. Quando nos sentamos, Marcelo e Marcela já estavam lá. Apesar da identidade que seus nomes anunciavam, eles não se sentiram atraídos um pelo outro a ponto de se beijarem e ficarem juntos. Passariam a noite a conversar como dois amigos e a sinalizar juntos, para o público do Unicórnio, que não estavam disponíveis para flertes com gente do mesmo sexo. Patrick não havia retornado para a mesa. A certa altura, quando me levantei para ir ao banheiro, vi que ele também havia obtido uma companhia. Encostado a uma parede próxima do balcão do bar, nosso amigo também compartilhava seus primeiros beijos com alguém que havia conhecido naquela noite. Algum tempo depois, ele passaria brevemente pela mesa com o companheiro.

Como se não bastassem tantos imponderáveis naquela noite, eu ainda teria uma experiência de algo que não fazia parte da minha vida fazia muito tempo. Num de nossos retornos à pista de dança, Lisandra comprou algo de um rapaz que girava por todo o salão. Pouco depois, ela retirou, de um saquinho plástico com *zip lock*, uma cápsula amarela na qual havia uma águia de asas abertas em alto relevo. Pegou-a com os dedos polegar e indicador em pinça e colocou-a em minha boca, dizendo apenas:

– Toma.

E me passou uma garrafa de água que trazia na mão. Ela mesma pegou a outra cápsula que estava no saquinho, em cor azul, com um desenho qualquer sobre a superfície, tomando-a. Fiz o mesmo.

Cerca de meia hora depois, eu me sentia muito eufórico e muito falante. Meus sentidos estavam potencializados, e era como se eu ouvisse os cheiros, tocasse a textura das palavras, numa união íntima de sons, cores, formas, superfícies... Era como se fosse impelido a oferecer carinho a Lisandra, em minha necessidade crescente de tocar seus cabelos, beijá-la de maneiras diversas, envolver seu corpo em meus abraços. Ela também multiplicara a necessidade do contato físico e da expressão de seus sentimentos. Me lembro de que me olhava nos olhos e dizia:

– Eu te quero! Te quero muito! Muito!

A intensificação sensorial provocada pelas cápsulas coloridas que ingerimos durou por algumas horas, durante as quais nossas sensações e nossos sentimentos chegaram ao limite ou os romperam. Até que, pouco a pouco, comecei a passar mal, suando muito devido à elevação da temperatura do corpo. Terminei por sentir náuseas, indo ao banheiro para vomitar. Eram já quase 5h00 da manhã, e o dia começava a raiar.

Marcelo e Marcela tinham ido embora mais cedo. Eles se despediram de nós por volta das 2h00. Pelo que meu amigo me contou posteriormente, tiveram boas conversas e estiveram bem um na companhia do outro, mas não ponto de ficarem juntos. Quando se despediram, cada um tomou o rumo da própria casa.

Patrick também se despediu, já passando das 3h00, não sem ter me apresentado certo Gilberto – me lembro do nome – que o acompanhava e partiu com ele.

Lisandra veio comigo para minha casa. Exaustos, deitamo-nos e dormimos até tarde. Somente ao acordar "conheci-a" em sentido bíblico. Enquanto tomávamos um café da manhã tardio, repassávamos as sensações da noite. Então lhe contei que já tivera algumas – escassas – experiências com drogas, fazia já muitos anos, e que não desejava voltar a experimentá-las. Ela me disse que não as usava regularmente nem as portava consigo. Só em algumas ocasiões especiais, com as cápsulas sendo vendidas no próprio local, Lisandra as tomava. Considerava-as leves, inconsequentes.

CONHECIMENTO

O começo incomum de minha relação com Lisandra pressagiava um desenvolvimento não muito convencional. Se em linhas gerais ela seguiu mais ou menos o roteiro de todas as relações de amor – apaixonar-se, acasalar-se, atingir um ápice de engajamento e declinar –, nos pequenos gostos e desgostos do cotidiano, nas expectativas e frustrações que o tempo traz e que o tempo leva, tivemos uma história bastante original.

Logo passamos a nos encontrar regularmente e a fazer muitas coisas juntos. Ela ficava dias seguidos em minha casa. Passamos a estar sempre juntos, planejar atividades para serem executadas em parceria. Cheguei mesmo a apresentá-la à minha filha, a levá-la comigo em encontros de meu círculo de amigos. Depois de cinco meses, passamos a viver juntos. Falávamos sempre nos acontecimentos do dia em que nos encontramos, daquela noite no Unicórnio. Ela chegou a mandar tatuar o animal mitológico na parte de trás do ombro direito. Marcelo e Patrick, sempre que nos víamos, também mencionavam, com bom humor, os embalos daquela noite.

Nos cinco meses que durou nosso envolvimento entre o dia em que nos conhecemos e o dia em que alugamos juntos um apartamento e para lá nos mudamos, aconteceu de tudo. Analisando aquele período em retrospectiva, vejo que vivenciamos, naquele intervalo de menos de um semestre, uma intensidade e uma variedade de experiências que muitos casais não experimentam durante muito tempo de vida em comum. O conflito foi o companheiro mais fiel ao longo de toda a nossa trajetória. Era frequente que pensássemos de modo muito diverso sobre o que fazer, com que frequência fazer isto ou aquilo, aonde ir. Enquanto eu começava a me cansar das noitadas na rua, preferindo programas caseiros, Lisandra ainda estava cheia de energia para sair e atravessar as madrugadas, em especial em fins de semana. Ela continuava com suas experiências com drogas sintéticas, o que eu rapidamente passei a não tolerar mais.

Ela tinha ciúme do meu passado, a ponto de uma vez, quando deixei o computador ligado no quarto, haver bisbilhotado e lido e-mails antigos de mulheres com quem me relacionei e que já eram página virada em minha vida. Na ocasião, uma tarde de sábado em que as coisas não iam muito bem entre nós, eu estava na cozinha, tomando uma xícara de café, quando ela me surgiu, furiosa, perguntando-me por que eu ainda guardava coisas daquelas "vadias". Antes que eu respondesse, porém, Lisandra pegou a xícara com o café ainda quente e jogou-o sobre meu peito. Ato contínuo, correu para o quarto. Fui atrás, entre perplexo e encolerizado. Empurrei-a sobre a cama, peguei um chinelo no chão e disse-lhe:

– Já que você se comporta como criança pirracenta, eu vou lhe tratar como criança pirracenta.

Deitei-a de bruços sobre meu colo, baixei a *legging* que ela vestia até seus joelhos e apliquei-lhe umas seis chineladas. Então larguei-a sobre a cama e voltei à cozinha, para limpar a sujeira e recolher os cacos da xícara. Mas antes mesmo que eu começasse a fazê-lo, Lisandra me chega chorando muito, jogando-se sobre mim e dizendo que me amava "demais". Voltamos para o quarto e nos amamos como dois alucinados.

Não me orgulho de minha atitude impulsiva nesse episódio, nem daquele amor declarado em circunstâncias tão pouco abonadoras de nós dois, nem da posterior alucinação de nossas libidos. Mas quem disse que há calmaria e bom senso na paixão?

Ela tinha um salário melhor que o meu, e a administração financeira da casa era outro tema desencadeador da discórdia entre nós, que nunca tivemos uma conversa franca sobre como administraríamos o dinheiro, quem contribuiria com o que, com quanto. Lisandra tendia a achar que fazia mais que eu nesse aspecto, às vezes gerando disputas por coisas que eu considerava mínimas.

Eu também a irritava com meu mau humor recorrente, com o tempo que eu gostava de dedicar a meus amigos a fim de poder seguir cultivando sua amizade. Mesmo um domingo inteiro passado com minha filha costumava ser considerado como uma cota de horas não dedicadas à minha mulher. Hoje reconheço que muitas vezes não tive as habilidades necessárias para uma conversa mais conciliadora nesses momentos de atrito. Reconheço também minha cota de egoísmo em questões relacionadas aos trabalhos domésticos e à manutenção da casa. Por mais que eu me acredite consciente da igualmente entre os gêneros, é difícil fugir dos condicionamentos da educação que os homens recebem nesta sociedade.

Quando brigávamos e eu me entristecia, costumava fazer algo meio bizarro para me acalmar. Atravessava a cidade e ia para as imediações de um ferro-velho na periferia da cidade, onde ficava observando as montanhas de sucata e o trabalho da grua sobre o refugo metálico. Eu me postava sobre uma elevação das proximidades e ficava ali como a observar um reflexo do que se passava em meu espírito.

Claro que nossa relação também nos proporcionava alegria e mesmo êxtase. Lisandra era uma mulher inteligente. Conversávamos sobre um pouco de tudo. Mas também nos calávamos, quando ela se deitava sobre meu peito e, por algum tempo, ficávamos em silêncio, com minha mão acariciando seu cabelo. Ela me dizia que nesses momentos nem pensava em nada.

Eu gostava de surpreendê-la com pequenos presentes: um livro, um ingresso para o teatro, um jantar diferente num restaurante onde nunca havíamos estado. Fazíamos planos de viagens para lugares no litoral, pois gostávamos de praia. Recebíamos amigos e éramos recebidos por eles. Às vezes ficávamos em casa ouvindo música juntos. Ela gostava de arredar os móveis e dançar na sala, quase diante da sacada do apartamento. Eu a acompanhava, embora preocupado em não ser visto por algum morador do prédio em frente ao nosso. Uma noite ela me acordou no meio da madrugada, implorando que nos amássemos na sacada. Nós o fizemos, a despeito de alguns apartamentos em frente ainda estarem com luz acesa. De todo modo, acredito que não fomos vistos.

Com o correr do tempo, embora não tenhamos tido muito tempo, fomos ajustando nosso apartamento conforme a nossa personalidade de casal. Isso se refletia no arranjo dos móveis, na decoração, nos desenhos que mandamos fazer numa das paredes da sala de estar. Uma vez por mês, geralmente numa sexta-feira, conseguíamos trabalhar em casa, juntos, num quarto que fizemos de escritório. A escrivaninha dela ficava numa extremidade, e a minha em outra. De vez em quando, interrompíamos a labuta para trocar um beijo ou conversar brevemente sobre nossas coisas.

Ainda no escritório, mantínhamos um caderno grande, de capa dura, uma espécie de diário em que registrávamos sensações e pensamentos sobre nossa vida juntos à medida que ela ia se desenvolvendo. Além disso, colávamos nele ingressos de eventos de que tínhamos participado, bilhetes de viagens, recibos de algo especial que havíamos comprado, escrevendo algum comentário a respeito de cada uma dessas coisas. Lisandra costumava escrever mais do que eu. Ela pegava no caderno três ou quatro vezes por semana; eu, uma ou duas vezes.

Hoje mantenho comigo esse caderno como uma relíquia, e tudo o que nele escrevemos, tudo o que nele colamos ganha um significado ainda mais forte que no momento de cada registro. No dia 22 de setembro do ano passado, Lisandra escreveu, com sua letra redondinha e bem alinhada, depois de uma noite em que cozinhamos juntos, ouvimos música e dançamos na sala de estar, como se o mundo estivesse reduzido àquele cômodo:

> Meu bem,
>
> Eu te amo tanto! Ontem fez dois anos que nos conhecemos e tivemos aquela noite inexplicável no Unicórnio. Inexplicável também é a forma como nos amamos. Inexplicável é a vida. Mas quem disse que precisamos de explicação para tudo? As coisas essenciais costumam não ter explicação. Nem precisam de uma. Um beijo seu não é para ser entendido, mas vivido na forma de gosto, cheiro, toque... ouvir e entender estrelas, como no poema.

Quero ser parte de você para sempre e quero você como parte de mim para sempre. O amor de verdade é um acontecimento raro nesta vida inconstante e breve. Nós tivemos a sorte de encontrá-lo, de o estarmos vivenciando agora. Portanto vivamos, portanto amemos. Beijos, beijos e mais beijos, amado de minha alma!

Eu era amado e amava. Mesmo os fantasmas da casa do amor pareciam haver se recolhido aos porões, aos velhos baús, às frestas mais recônditas. Éramos dois seres completos, unos, num mundo de bilhões de indivíduos, grande parte deles atormentados por necessidades básicas não satisfeitas, desejos inalcançados, problemas financeiros. Estávamos com tudo isso razoavelmente resolvido. Mesmo com nossos conflitos e nossos desafios – todo mundo os tem –, era só seguir em frente, viver sem grandes preocupações.

VIVER

Viver pressupõe lançar-se no mundo. Se estivesse agora numa mesa com Patrick e Marcelo, eu lhes diria mesmo que viver é copular com o mundo. Haveria certamente alguma reação bem-humorada de um deles, mas eu estaria falando sério. Em nossa trajetória por este planeta da periferia mais recôndita do universo, nós nos lançamos na totalidade com nossos corpos, nossa inteligência e nossa sensibilidade, modificando-a ligeiramente, enquanto somos moldados por ela em muito maior grau, agindo sem pensar que podemos sair de cena a qualquer momento.

Ainda no começo, cinco meses depois de passarmos a viver juntos, Lisandra e eu tiramos férias e decidimos pegar a estrada em direção a Salvador, em nosso carro, num itinerário de vinte dias em que contornaríamos o litoral dos estados do Rio de Janeiro, do Espírito Santo e da própria Bahia. Em alguns lugares, pararíamos, nos hospedaríamos e aproveitaríamos, nas praias, o sol e o calor mais amenos do mês de julho. Tudo correu perfeitamente até o oitavo dia da viagem. Mesmo nossas divergências se restringiram ao mínimo, em geral relacionando-se aos horários das refeições, que tipo de hospedagem escolher, quanto gastar em cada etapa. Porém sobreveio o imponderável, desta vez na forma de um desastre. Foi uns quarenta minutos depois de sairmos da cidade de Ilhéus rumo a Itacaré, numa estrada com uma bonita paisagem de mata atlântica remanescente, mas com uma pista horrível, cheia de buracos, esfarelando-se em muitos pontos devido ao asfalto de má qualidade.

Eu estava ao volante. Logo após uma curva descendente, dei de cara com um grande buraco. Tentei desviar o carro, mas perdi o controle da direção e o veículo capotou. Passamos para o outro lado da rodovia e atravessamos a pista em sentido oposto. Por sorte não vinha outro veículo do lado de lá, mas ainda assim saímos da estrada e batemos violentamente nas árvores próximas. O carro ficou virado de borco, muito amassado, e foi necessário, durante o resgate, que serrassem as portas e parte do teto para nos retirar. Eu tive escoriações diversas, um corte no braço e um dedo da mão quebrado. Lisandra, que estava com o cinto de segurança afrouxado, sofreu uma concussão e ficou inconsciente. Quando a vi sem sentidos a meu lado, disparei a gritar, aterrorizado. Fomos levados para um hospital em Ilhéus, onde fui medicado, tomei alguns pontos no braço e tive a mão engessada, sendo liberado horas depois. Lisandra ainda permaneceu internada por mais um dia, em observação. Com esse desfecho abrupto, tiveram fim as nossas primeiras férias juntos. Voltamos para casa entre desolados pela supressão de nossos planos, que até então iam muito bem, e felizes por não havermos sofrido nada de mais grave em decorrência do acidente. Principalmente retornamos assustados e com uma noção muito clara de que podemos, qualquer um de nós, a qualquer momento, perder tudo.

A despeito de nossa vida juntos ter sido, desde o início, pontuada por reveses, grandes e pequenos, nosso cotidiano foi sempre uma cornucópia de declarações de amor e propósitos de eternidade. Como dialogávamos muito e sempre, mesmo nossas discordâncias eram positivas, pois abriam caminho para que cada um enxergasse o que não veria nas zonas de sombra de cada visão particular. Não falávamos em ter filho. No fundo, não desejávamos ter filho. Não precisávamos de descendência para coroar ou complicar aquele amor que começara três anos antes, no Pulo do Gato e no Unicórnio. O Pulo do Gato, àquela altura, já nem existia mais. Ao Unicórnio, nunca mais havíamos retornado, nem para reviver o primeiro beijo. Pouco a pouco, até mesmo a minha relação com Patrick e Marcelo foi se tornando intermitente, e nos encontrávamos apenas de tempos em tempos. A de Lisandra com Marcela havia se tornado ainda mais distante.

De todo modo, era como se nos bastássemos. Depois de muito saltar de um emprego para outro, de tentar empreender por meio de um negócio próprio, de passar temporadas empenhado em estudar e desenvolver habilidades que me proporcionariam mais satisfação e melhor remuneração, eu estava relativamente bem no meu campo profissional, o jornalismo. Além de ter vínculo fixo com um portal de internet, produzia matérias esporádicas para outros veículos, em geral envolvendo os problemas da cidade. Eu me aproximava da virada dos 40 anos e cada vez mais aspirava por estabilidade, já que até então minha existência havia sido a própria definição da volubilidade, da ruptura e do recomeço recorrente. Lisandra, por sua vez, possuía mais estabilidade profissional que eu. Por muitos anos ela atuava como farmacêutica num hospital especializado no tratamento de pacientes cancerosos. Algumas vezes estive em seu laboratório. Ficava sempre impressionado com os preparados que ela realizava na forma de líquidos em cores fortes. Em algumas dessas ocasiões, ao chegar ao laboratório com Lisandra, ou ao sair dele, vi pacientes muito debilitados sendo transportados pelos enfermeiros em macas com rodinhas, com o guincho típico. Cheguei mesmo a vê-los a transportar cadáveres com a naturalidade de quem lida com aquilo todos os dias. Muitas vezes as conversas de café da manhã em nossa casa giravam em torno dos problemas da coletividade que eu abordava em meu trabalho e os problemas individuais e familiares – sempre dramáticos – que os medicamentos de Lisandra enfrentavam para tentar resolvê-los ou pelo menos minorá-los.

Muitas matérias que fiz foram lidas, em primeiro lugar, por ela, que possuía sempre um olhar crítico sobre meu texto, as fotografias, a composição da página. Fazia sugestões de ampliar ou reduzir a exploração de algum aspecto, conversava sobre a adequação das imagens. Queria sempre que eu carregasse nas tintas e fustigasse o poder público, o empresariado, os privilegiados e os rapinadores que estavam na origem das calçadas esburacadas, da destruição do patrimônio histórico, da propagação da miséria, do aumento da sensação de insegurança que fazem parte do nosso cotidiano. Eu lhe explicava que, embora minha vontade fosse pôr abaixo tudo o que está aí, o jornalismo não pode ter um tom panfletário e violento, mesmo porque minhas matérias passam pelo crivo de uma editoria, mesmo porque o jornal insere-se numa estrutura de mercado e também numa estrutura jurídica que balizam os limites do que pode ser escrito. Ainda assim é possível estar comprometido com a verdade e trazê-la a público.

Eu manifestava minha admiração por seu trabalho, no qual ela se esforçava por diminuir os padecimentos de pessoas com a saúde arruinada, no limiar da morte, buscando pelo menos salvar essas pessoas de um fim muito sofrido. Embora não trabalhasse diretamente com os pacientes, Lisandra guardava de memória toda uma antologia de histórias de gente que se foi dizendo que desejaria ter estado mais com seus amigos, se reconciliado com parentes ou ex-companheiros com quem estavam rompidos, dedicado mais tempo a atividades prazerosas. E histórias de gente que esteve na fronteira do país do qual nunca se volta, mas que se restabeleceu antes de cruzá-la. Eu gostava de ficar calado, ouvindo-a descrever essas pessoas e narrar suas tribulações, sua partida, seu revigoramento.

Eu possuía minhas inseguranças e os fantasmas das diversas relações passadas, que duraram dois, três, raramente quatro anos, e acabaram como se estivessem predestinadas a uma intensidade ardente que se esgota pela própria combustão. Lisandra tinha as suas e os seus. Porém, até mesmo pelo estágio da vida em que nos encontrávamos – eu com 39 anos, ela com 34 –, nossa candência era menos luminosa, mais extensiva: um fogo baixo, com subidas ocasionais, que duraria ao longo dos anos.

Em nossa fruição de uma parceria em geral bastante prestativa, em nossa administração das dissensões e desencontros, que sempre os há, íamos vivendo bem e consolidando um casamento que resolvia favoravelmente o problema do fastio das experiências amorosas sucessivas e efêmeras. Dali para frente, era só seguir vivendo sem nem precisar pensar muito nisso.

VICISSITUDES

Podemos perder tudo a qualquer momento, como quase nos aconteceu, a mim e a Lisandra, num dia inesperado, numa estrada no litoral da Bahia. Ou vamos perdendo tudo aos poucos, como acontece de maneira implacável com cada um de nós, até o dia em que somos confrontados com a perda definitiva no mistério da morte. De um modo ou de outro, saímos da vida sempre derrotados, sem nada do que um dia nos animou, que um dia nos proveu com o sentido de viver. Se fica algum saldo no mistério de nossa passagem por esta existência, é o amor que damos e o que recebemos.

Desde que a conheci, Lisandra tinha períodos de melancolia, às vezes extrema. Até por isso, ou principalmente por isso, eu sempre me bati para que ela desse um basta em suas experiências com drogas. Pelo que sei, tais experiências eram esporádicas, limitadas a noites em que saía para se divertir e partilhar um momento de confraternização com amigos. No dia em que nos encontramos e nos apaixonamos, eu mesmo confraternizei com ela por meio da ingestão de uma cápsula colorida que me fez ir da euforia ao vômito no lapso de algumas horas.

Desde que a conheci, Lisandra sempre foi uma pessoa instável emocionalmente. Às vezes manifestava euforia com os menores afazeres do dia a dia. Outras vezes estava irritadiça, desalentada. Não sei o que desencadeou aquele processo depressivo durante nosso último ano juntos. Só sei que pouco a pouco ela foi perdendo o entusiasmo em relação a coisas que antes apreciava. Até mesmo seu trabalho e as histórias em torno dele foram perdendo o interesse. Cheguei mesmo a lhe propor que tirássemos dez dias de férias e fôssemos passá-los em lugares diferentes no Peru e na Bolívia. Ela se recusou a ir.

Passou a manifestar uma desesperança e um pessimismo exagerados, crendo que nada valia a pena, que nada mais iria dar certo. Era necessário que realizasse grande esforço para sair de casa pela manhã, indo cumprir suas obrigações no laboratório do hospital. Para ela, nada do que fazia, ou do que fazíamos, tinha valor. Por absurdo que possa parecer, sentia-se um fardo e uma inútil.

Não comia direito, dormia mal, acordava muitas vezes durante a noite. Começou a emagrecer e aparentar cansaço. Tinha dores de cabeça e a sensação de possuir um peso dentro do peito. Por tudo isso, sentia-se desmotivada para sair de casa, mesmo nos fins de semana. Ela, que gostava de ler, de caminhar no começo da manhã, distanciou-se dos livros e das caminhadas. Foi também se afastando de seus amigos. Como parte de sua vida e de seus problemas, fui me afastando dos meus. Eu acompanhava aquela aflição sem saber muito bem o que fazer. Tentava conversar, propor que fizéssemos coisas diversas, arrancá-la da melancolia crescente que a dominava.

Um dia descobri que Lisandra estava usando drogas em casa. Eram os mesmos alucinógenos sintéticos que compartilhamos em nosso primeiro dia juntos. Às vezes eu estranhava seu comportamento ao chegar em casa. Subitamente ela estava animada, de riso fácil. Mas aquilo passava depois de algumas horas, em geral no meio da noite, e a melancolia voltava a assediá-la. Nesses momentos, eu tentava uma conversa, falando de seus problemas. Ela se esquivava, algumas vezes num jorro de lágrimas inexplicáveis. Minha desconfiança do que causava a euforia artificial de minha mulher foi confirmada num dia em que fiz uma busca em seu guarda-roupa. No fundo de uma gaveta, encoberto por algumas peças de roupa, encontrei um saco plástico cheio de cápsulas coloridas sobre cujas superfícies, em alto ou baixo relevo, se viam figuras impressas: carinhas sorridentes, animais, flores, corações, estrelas, símbolos, letras, inscrições. As próprias cápsulas tinham formas distintas: redondas, ovais, quadradas, retangulares ou a própria forma da figura que retratavam. Eram azuis, amarelas, verdes, vermelhas, roxas, laranjadas. Não se pode negar que aquela porcaria, que alguns desavisados ainda chamam de "pílula do amor", possui uma estética e um estilo atraentes.

Quando Lisandra chegou e lhe mostrei o saco plástico com umas quarenta cápsulas, ela enfureceu-se, chorou, me acusou de espioná-la e invadir sua privacidade. Ficou em casa, revoltada, enquanto eu colocava a droga numa sacola de supermercado, saía para a rua e jogava aqueles fragmentos de uma bomba química numa lata de lixo. Depois disso, fiquei vagando a pé pelo centro da cidade, refletindo sobre os problemas de minha companheira, que também eram meus.

A tarde terminava, e as primeiras penumbras da noite começavam a surgir. As luzes começavam a se acender, e o bulício diário das pessoas retornando para suas casas estava no ápice. Como costuma acontecer na área central, eu me deparava de tempos em tempos com os mortos-vivos que perambulam por suas ruas e becos, arruinados pela dependência dos entorpecentes. Numa esquina movimentada, cheguei mesmo a saltar sobre o corpo de um menino dormindo – ou em estado de letargia profunda –, deitado num pedaço de calçada, sobre uma de caixa de papelão desdobrada. Devia ter 10 ou 11 anos. O cabelo estava crescido e desgrenhado. Vestia roupas velhas, sujas e grandes para seu tamanho. Uma crosta escura de sujeira cobria-lhe a pele, e seus chinelos estavam no chão, fora dos pés. A seu lado, jazia o cachimbo artesanal utilizado para inalar o mal na forma de uma pedra cristalizada de cocaína, bicarbonato de sódio e, principalmente, pó de mármore, talco e vidro moído, quando não de outras porcarias ainda piores.

Parei uns dois metros adiante e fiquei contemplando aquela cena. Ao redor, o mundo se resumia a mil e uma pernas que passavam apressadas. Nenhum vivente sequer notava aquela aberração normalizada na violência do nosso cotidiano. Um pouco mais adiante, num canto de praça, toda uma horda andrajosa de viciados aglomerava-se como se fizessem parte do círculo infernal dos promíscuos.

Até aquele momento essa gente desumanizada pela própria obsessão monomaníaca e pelo desprezo dos outros tinha sido invisível para mim, tal como continuava sendo invisível para tantos que por ali passavam, seguindo em todas as direções. Agora que aquela obsessão se manifestava dentro da minha própria casa, começando a corroer a autonomia da mulher que eu amava, esses seres invisíveis que vagam por nossas cidades se materializavam como homens, mulheres e crianças dignos de empatia e tratamento em busca de um resgate de suas vidas...

Liguei para Marcelo e Patrick, convidando-os para jantarmos juntos num restaurante do bairro. O primeiro não podia vir, devido a um compromisso inadiável. Patrick veio. Entre lágrimas, contei-lhe sobre a depressão de Lisandra e minha recente descoberta acerca de sua relação caseira com as drogas sintéticas. Eram esses os fantasmas que agora assombravam a minha casa do amor, diante dos quais os amores passados estavam, para mim, definitivamente aniquilados. Houve a consolação de praxe nessas crises. Por fim, Patrick me aconselhou a buscar ajuda psiquiátrica, chegando a me dar uma referência sobre um profissional que havia tratado alguém com quem ele convivia. Paralelamente ao tratamento, também me aconselhou a estar muito próximo de Lisandra, trazendo-a para atividades que a distraíssem da desolação e do vício: talvez o ciclismo, a ioga, a meditação, a capoeira, o tricô, o estudo de uma língua estrangeira, qualquer coisa que lhe ocupasse a mente e exercitasse o corpo. Também recomendou que a mantivesse em contato com outras pessoas, entre as quais se sentisse acolhida: familiares, amigos, gente com interesses semelhantes aos dela. Propôs-se inclusive a nos visitar e também nos receber em sua casa, para que, com discrição, pudesse ajudar a exercer essa função acolhedora. Patrick tinha bastante conhecimento do mundo e variadas relações por toda a cidade. Principalmente, era uma pessoa humana e generosa.

Voltei para casa depois das 23h00. Encontrei Lisandra no quarto. Tinha os olhos inchados, vermelhos de tanto chorar. Tinha também essa forma de beleza que costuma brotar no inferno das grandes melancolias. Tirei os sapatos, a camisa e, em silêncio, deitei-me a seu lado, abraçando-a por trás. Assim permanecemos, sem dizer nada, sem pensar em nada, até que o sono veio chegando e adormecemos.

DETRIMENTO

A vida que vivemos na superfície, no deserto do cotidiano, não passa de um reflexo tardio e obscuro do que se passa no fundo. A precária consciência que tomamos do magma de nossa realidade profunda, que só vem à tona em meio à angústia, está sempre atrasada, e tudo o que construímos se desfaz sem que o percebamos. Agimos, portanto, em plena ignorância, cometendo erros sem a intenção de cometê-los. No processo de tatear a existência, este é o nosso destino lamentável: tudo parte do caos e ao caos retorna. Se há uma verdade essencial, senão única, neste mundo, ela tem um nome: a morte.

Confrontado com as agruras psicológicas de minha mulher, tentei ser um bom companheiro, empenhando-me na luta para que ela encontrasse mais satisfação com a vida, para que se mantivesse longe de substâncias destrutivas. Passei a levá-la ao seu trabalho e a ir buscá-la no fim do expediente. Contratei uma diarista para cuidar da limpeza do apartamento, bem como de sua organização. Frequentemente, à noite, eu cozinhava, solicitando a companhia e o auxílio de Lisandra nas operações culinárias. Depois comíamos ouvindo música e conversando. Nos fins de semana saíamos juntos a fim de fazer as compras de supermercado. Eu também gostava de levá-la para andar de bicicleta no parque, comer fora, visitar amigos. Uma vez contei-lhe sobre minha estratégia de ir até o ferro-velho e ficar observando o trabalho da grua, a fim de espantar a tristeza. Convidei-a para fazermos isso juntos e lá fomos um dia, numa manhã de sábado. Nós nos sentamos numa colina das imediações e ali ficamos, de mãos dadas, assistindo àquela espécie de pôr do sol às avessas: um espetáculo grotesco, ruidoso, caótico, mas que nos oferecia algum consolo como reflexo do lado obscuro de nosso espírito.

Claro que a derrocada de Lisandra não aconteceu de imediato nem de maneira isolada. Com a ajuda de seu pai, que às vezes comparecia para nos visitar, ela foi convencida a ir ao médico, a submeter-se a um tratamento. Então, uma vez por mês, sempre na primeira terça-feira, ela ia à clínica. Em algumas ocasiões, eu a acompanhava, permanecendo na sala de espera durante o tempo de sua consulta. Para além da conversa mensal que entretinha com Lisandra, o psiquiatra lhe prescreveu medicamentos para depressão e para dormir, uma vez que ela também vinha sendo assediada por problemas com o sono. Desde então, tivemos aproximadamente um ano e meio do que se pode chamar de uma boa vida de casal. Nada em nossa trajetória juntos foi muito corriqueiro. Do dia em que nos conhecemos, passando pela crise de nossa relação, chegando a este tempo de maior harmonia, o destino gostou de jogar conosco sob o signo da excentricidade.

O pêndulo espiritual de Lisandra se manteve mais estável, sem que ela passasse da normalidade à prostração – ou vice-versa – de uma hora para outra. Estávamos sempre juntos no café da manhã e no jantar, e nos comunicávamos todos os dias durante o expediente de trabalho, trocando sempre uma palavra de carinho ao final. De volta para casa, realizávamos juntos as tarefas domésticas. Fomos nos reaproximando de alguns amigos e familiares. Por essa época, combinando juntos dez dias de férias, fomos passar três dias em Salvador, para completar a parte perdida de nossas férias anteriores, em decorrência do acidente que tivemos, e uma semana percorrendo as trilhas, cachoeiras, cânions e grutas da Chapada Diamantina. Desta vez tudo correu bem. Tanto na capital quanto na chapada pudemos experimentar o prazer de estar juntos, sem compromissos exteriores à nossa conjugalidade, numa cidade com uma história e uma cultura tão rica como Salvador e num espaço de natureza tão grandiosa quanto o da chapada. Num dos dias, tivemos uma briga estúpida a propósito de nada. Mas, à noite, quando saímos para jantar perto de onde estávamos hospedados, conversamos, nos desculpamos mutuamente e nos reconciliamos. Queria esse espírito de concórdia para toda a vida, para todos os casais... Aqueles foram dias felizes.

Até onde eu sabia, Lisandra havia renunciado às cápsulas coloridas e se mantinha longe delas. Confesso que de vez em quando eu dava uma espiada em suas coisas, em casa, a fim de confirmar isso. Nas vezes em que ia a seu laboratório, no hospital, eu prestava atenção a tudo, chegando mesmo, numa ocasião, a abrir rapidamente uma gaveta de sua escrivaninha e revirar o que lá estava, num momento em que ela saiu e me deixou ali sozinho. Tudo indicava que sua questão com as drogas – ao menos as ilícitas – vinha sendo levada a bom termo.

Tudo bem, tudo normal. A vida parecia haver retomado um bom caminho. Lisandra estava com seus problemas de saúde controlados. Eu havia saído de um ciclo de relacionamentos breves, em geral conflituosos, com mulheres de gênio forte. A herança desses relacionamentos compunha-se pelo desencanto, a solidão, uma filha que crescia distante de mim. Eu estava disposto a construir um casamento bem-sucedido com Lisandra, como forma de redenção dessa espectral coleção de fragmentos de amores passados. Aspirava, enfim, à totalidade de uma vida de casal que marcaria o compasso de nossa vida madura. Eu mesmo buscava me colocar no lugar de minha mulher, ouvi-la mais que me fazer ouvido, estar atento a suas necessidades, aspectos em que não fui muito hábil ao longo de minhas outras relações. Aquele ano e meio foi um intervalo em que a fortuna esteve favorável a nossos desígnios. Mas tudo está se movendo o tempo todo, e tudo o que está aí está se refazendo.

Um dia Lisandra começou a ter uma recidiva de seus tormentos sem nenhuma razão plausível, pois ela tinha tudo e seguia regulamente com a medicação. De repente era acometida de mau humor, desalento e pessimismo extremo. Sentia-se ansiosa, tinha palpitações, e sua insônia piorou. Com isso, o médico aumentou a dosagem de seus remédios. Como a coisa afetava sua capacidade de trabalho – um trabalho de muita responsabilidade –, ela teve de licenciar-se e ficar em casa. Isso lhe trazia um sentimento de culpa e contribuía para aumentar--lhe a depressão. A meu próprio trabalho eu passei a me dedicar menos, chegando mais tarde, saindo mais cedo, indo almoçar em casa para estar com minha esposa, acompanhar seu sofrimento e tentar oferecer-lhe algum conforto.

Por algum tempo, uns quatro ou cinco meses, consegui consolá-la. Porém seus problemas persistiam, e ela começou a me hostilizar e querer ficar sozinha. Mais um pouco e passou a dizer que desejava a separação. Com muito cuidado, tentei argumentar pela necessidade que ela tinha de minha presença, considerando que ela enfrentava distúrbios de saúde e precisava da ajuda de alguém que estivesse incondicionalmente a seu lado e a acompanhasse em seu tratamento. Outra vez, por algum tempo, seguiu-se um padrão que havia se estabelecido: eu permaneci em casa, houve uma melhora em seu estado de espírito e uma reaproximação entre nós. Mas aos poucos a situação voltava a desandar. O esculápio, do alto de sua soberba de especialista, julgava-se o guia absoluto do processo de recuperação de minha mulher, mantendo uma postura superior e recusando-se a me prestar maiores esclarecimentos sobre o que se passava com Lisandra, sobre o tratamento que vinha sendo desenvolvido.

Ela seguia deprimida e com dificuldades para dormir. Passou a dizer que não valia nada e que eu devia arrumar outra mulher, alguém que não fosse um estorvo e um fardo a ser carregado pelos anos de juventude que ainda me restavam. Voltou a requerer a separação numa irrupção de lágrimas, agora insinuando que desapareceria ou se mataria, caso eu não a deixasse em paz. Diante desse quadro extremo, só me restou ir procurar seus pais, explicar-lhes o estado de coisas, de cujos detalhes eles não estavam muito a par, e pedir-lhes que aceitassem a filha de volta em sua casa. Nessas condições, eu aceitaria me separar. O que não concebia era deixar Lisandra sozinha no descaminho que sua vida havia tomado.

No dia seguinte, eles compareceram à nossa casa para a conversa definitiva. Pega de surpresa, a reação de Lisandra passou pela raiva, o pranto, o silêncio e a resignação. Algumas lágrimas persuasivas escorreram também pelo rosto de seu pai. A mãe se mostrou mais sóbria, exercendo autoridade com uma firmeza mais discreta. Quando tudo se decidiu, ali mesmo começamos a juntar as coisas de Lisandra para a vida nova que começava. No fim da noite, eu mesmo a levei para a casa dos pais, despedindo-me com um beijo ligeiro em seus lábios e uma contida vontade de chorar eu mesmo.

Voltei para o nosso apartamento, onde eu permaneceria sozinho com os fantasmas desse amor do presente. No dia seguinte encerrei mais cedo o expediente de trabalho e fui assistir à ação da grua imensa erguendo e destruindo as carcaças de automóveis no ferro-velho, nos confins da cidade. Era a minha forma áspera de meditação nesses momentos.

DORMIR

No movimento constante do mundo, o amor será sempre um ciclo com início, meio e fim, com toda a gama de emoções correspondentes a cada etapa. O fim tantas vezes se processa com a energia do ódio ou o simples esgotamento no desprezo ou, pior ainda, na indiferença. Por isso, quando o fim se apresenta, é melhor deixar o amor exaurir-se do que tentar reanimá-lo a qualquer preço. Por isso, quando a separação aconteceu e Lisandra voltou para a casa dos pais, eu me propus a aceitar o fim, mesmo que ainda a amasse, mesmo que soubesse que iria sentir a sua falta por um tempo ainda bastante longo.

Ao ficar sozinho no apartamento onde havia vivido com Lisandra um tempo breve mas com a densidade de toda uma vida, andei perdido numa solidão habitada por uma mulher doente que não me queria mais. De longe eu acompanhava-a, conversando com seu pai, para quem telefonava toda semana. Era-me difícil chegar em casa, preparar alguma coisa para comer, atravessar a noite sem ela. Dias havia em que eu passeava minha solidão numa caminhada sem rumo pelas ruas do bairro, com os pensamentos em revoada.

De vez em quando eu encontrava Patrick, Marcelo e outros amigos. Saíamos, conversávamos. Em suas tentativas de consolo,

Patrick gostava de mencionar minha teoria sobre os fantasmas da casa do amor. Para esconjurá-los, a seu ver não havia nada melhor do que um novo amor. Um lugar-comum verdadeiro, sem dúvida, mas meu espírito não estava aberto para um novo amor, já que o mais recente permanecia vivíssimo em mim. De todo modo, meses depois encontrei-me com outras moças, dormi com algumas delas. Moças de arribação que chegaram, pouco ficaram e partiram sem deixar vestígios. Moças que deixei partir, desejei que partissem sem deixar vestígios. Era esse o saldo de minha carreira amorosa na maturidade dos meus 42 anos. Tudo na trajetória circular de minha vida parecia sempre retornar ao mesmo ponto: o ponto de partida, o recomeço. Porém a maturidade requer um mínimo de constância, um mínimo de realização. Afinal, o desfecho de tudo começa a se fazer visível, como se fosse o fantasma único na casa da existência.

O que me danava era o absurdo de perder Lisandra daquela forma. Nem chegamos a nos acostumar reciprocamente, a nos cansar e nos desgastar, como acontece com tantos outros casais. Nossa desagregação resultou de algum misterioso desequilíbrio da química do cérebro ou de um extravio existencial qualquer. Para tantos casais costuma chegar uma hora em que as palavras passam a não exprimir quase nada, retraindo-se em volume e alcance semântico. Por algum tempo elas se tornam hostis. Até serem lentamente sufocadas por um silêncio descuidoso, descarnando-se até mesmo da hostilidade. Então nada mais importa. Aflora o desprezo. Estiola-se o amor até o nada. Essa facilidade com que o sentimento se esvazia deixará sempre abismados aqueles que um dia amaram e perderam o amor. Enquanto amamos, não nos damos conta de que o amor é apenas uma espécie de suspensão voluntária da descrença, uma ficção em que tomamos parte como protagonistas da vida dita "real". Somente mais tarde, no desamor, verificamos que a pessoa amada é um ser humano como outro qualquer, como milhares de outros que ignoramos todos os dias nas ruas, no transporte público, no trabalho. Então descobrimos que a eternidade vislumbrada sob as lentes de aumento amorosas dura um ano ou dois apenas. Ou três ou quatro, não importa. Essa finitude dentro da finitude já escassa da vida não deveria gerar tanto sofrimento. Mas insistimos em aplicar sentido ao que sentido não tem.

Fiquei, enfim, sozinho, sem o sentido que apliquei a uma vida composta com Lisandra. A biografia de qualquer pessoa é sempre a história do estabelecimento de alguns vínculos essenciais seguidos de uma volta inexorável à solidão. Aqui estou eu para prová-lo uma vez mais.

Quanto a Lisandra, novamente ela teve uma melhora provisória em presença e sob a vigilância dos pais diluída no cotidiano familiar. Eu telefonava e mandava mensagens para seu pai toda semana, a fim de saber como ela estava. Cheguei a sondar sobre a possibilidade de visitá-la, mas fui aconselhado a esperar mais algum tempo. Contudo, passados alguns meses, Lisandra voltou a apresentar instabilidade. E a coisa foi crescendo até se tornar algo muito pesado para seus pais, que já caminhavam para os 70 anos cada um. Ela passava os dias prostrada no quarto, sem querer fazer nada. Quando saía de casa, era para visitar seu laboratório, no hospital, um lugar que parecia lhe fazer algum bem. Continuava com problemas para dormir, chegando a passear pela casa no meio da noite, conforme relato do pai. Considerava que nada havia feito de proveitoso na vida e que era a própria encarnação do fracasso. Estava descontente com tudo e sem perspectiva de reencontrar um mínimo de alegria em seus dias. Um cansaço carregado de melancolia era agora o fardo da existência que vinha arrastando. Ela foi levada de volta ao médico e outra vez seus medicamentos foram trocados. Recomendações foram dadas aos pais sobre a maneira de acompanhar o sofrimento da filha. Tudo feito muito tecnicamente. Porém, não sei se num dia de maior desespero ou simplesmente num momento em que a oportunidade apareceu, Lisandra pegou uma faca na cozinha e talhou o pulso esquerdo. Ato contínuo, pôs-se a gritar, atraindo a atenção da mãe, que logo chamou a assistência médica.

Fui visitá-la no hospital. Estava com a mão e metade do antebraço enfaixados. O corte foi relativamente superficial, mas extenso, com cerca de oito centímetros. Pedi-lhe que voltasse para a nossa casa, trocasse o médico psiquiatra, fizesse também uma terapia ocupacional e se pusesse sob meus cuidados. Ela não quis e retornou para a casa dos pais. Pelo que eu soube posteriormente, não seguiu um tratamento em que estivesse acompanhada de perto por um profissional mais qualificado, nem houve uma terapia complementar. Esteve sob os cuidados de pais que não compreendiam a complexidade do problema e lhe davam margem para seguir vivendo como se tudo estivesse bem.

Lisandra recuperou-se da automutilação física, permanecendo apenas com uma cicatriz no punho esquerdo, um traço ladeado pelas marcas dos pontos da sutura. Novamente ela teve alguns meses de aparente restabelecimento, gerando menos preocupação e até certo otimismo por parte dos pais. Essa melhora, porém, seguiu o padrão das outras vezes: cinco, seis meses de revitalização em que ela chegava a retomar suas atividades regulares. Até sofrer uma recaída um tanto repentina. Nesses períodos, precisava de ajuda especializada, empatia, acolhimento. Eu sempre acreditei ser a pessoa que zelaria por ela da melhor maneira. Havia dado provas disso. Mas deu-lhe na cabeça que seria melhor estar sozinha ou na casa dos pais. Hoje vejo que não deveria ter aceitado isso passivamente, deveria ter insistido em sua permanência em nossa casa. Fui um estúpido. Por isso, agora carrego o meu quinhão de culpa.

Passados os meses de melhoria, ela mergulhou mais uma vez na depressão. Mais uma vez ainda seus medicamentos foram trocados, em busca daqueles que se ajustariam melhor a seu organismo. Mais uma vez a medicação não foi acompanhada por uma terapia adequada. Nos contatos com seu pai, eu soube apenas que ela havia tido uma recaída e que estava se tratando, sendo acompanhada de perto por ele e a mãe. Pedi para visitá-la, mas fui desestimulado novamente. Pedi para falar com ela ao telefone, mas ela não estava em condições de falar, fechando-se no quarto, inerte. Pedi para falar com o médico. Porém, sem me dar maior atenção, esse iluminado me disse apenas que as coisas estavam sob controle, que as drogas prescritas para Lisandra reequilibrariam o seu psiquismo.

Segui a minha vida. Trabalhava, voltava para casa, encontrava meus amigos, tentava me divertir. Do ponto de vista material e das realizações profissionais, eu ia bem. No âmbito das relações pessoais, eu descobria que possuía poucos mas bons amigos. Na casa de minha mãe, quando a visitava, eu tinha sempre guarida. Chegava mesmo a partilhar meus problemas com minha irmã. Trabalhando como assistente social na prefeitura da cidade, ela costumava lidar com gente em crise emocional e podia me oferecer algumas ideias sobre o caso de Lisandra, sobre como eu poderia agir, até onde poderia agir, o que fazer e o que não fazer. Segui seus conselhos de moderação e esperei pelo momento em que o trabalho especializado do psiquiatra viesse a apresentar bons resultados.

Tempos depois soube que Lisandra de fato vinha apresentando alguma evolução em seu quadro. Interagia mais com os pais, e sua autoestima havia melhorado. Havia começado a praticar ioga num estúdio na área central, próximo a seu trabalho, para o qual havia retornado após uma longa licença para tratamento. Reconectou-se com uma ou duas amigas mais próximas com quem podia contar. Chegou mesmo a me telefonar uma vez, para saber como eu estava. Isso durou mais de um ano. Parecia que ela havia emergido definitivamente de seu inferno particular.

Quando sua aversão infundada a mim cessou, nós nos encontramos algumas vezes para jantar juntos em conversar depois do expediente de trabalho. Nessas ocasiões, eu sondava discretamente a possibilidade de retomarmos nossa vida de casal, pois ainda a amava. Ela preferiu seguir sozinha, no entanto. Tudo bem, eu aceitaria a quebra de nosso vínculo, desde que ela reencontrasse uma forma de viver sem aqueles desajustes.

Infelizmente não foi o que aconteceu. Como das outras vezes, sem uma lógica aparente, seus tormentos foram retornando à proporção que ela se desinteressava do trabalho, da ioga, das amigas, de mim, de seus pais, de si mesma. Como das outras vezes, ela foi tratada com toda uma bateria de drogas contra a tristeza, a prostração, a falta de sentido de tudo. Nos primeiros momentos desse ritornelo, antes de a coisa avolumar-se, ela ainda se manteve no trabalho. Depois licenciou-se de novo.

Foi durante a noite de um dia qualquer, ao final do último mês de abril, que Lisandra, fechada em seu quarto, tomou de uma só vez vários comprimidos para dormir e antidepressivos. Ao lado da cama, no dia seguinte, seus pais encontraram ainda um saquinho plástico cheio de cápsulas coloridas, com algumas delas esparramadas sobre o criado-mudo. E, para completar essa mistura, uma garrafa de vodca, tomada quase pela metade, jazia sobre o chão. Lisandra foi encontrada já sem vida no dia seguinte, depois de demorar-se mais que o normal para se levantar, depois de a mãe bater à porta e não ser atendida. O médico que emitiu o atestado de óbito registrou como *causa mortis* uma parada respiratória resultante da combinação daquelas diversas drogas, tomadas em excesso, com o álcool.

Foi uma ação deliberada que já vinha sendo anunciada havia algum tempo, uma ação que jamais alcançarei compreender, para a qual jamais encontrarei uma justificativa. Uma explicação muito vaga diz apenas que Lisandra estava doente e não mais funcionava conforme a lógica da nossa "normalidade". Só isso.

Entrei em queda livre no vazio quando ela nos deixou, em algum momento da noite de 26 de abril. No momento em que a encontraram sem vida, a mãe telefonou para a assistência médica, e o pai telefonou para mim. Corri para sua casa. Ao chegar, alguns profissionais removiam o corpo para a realização de uma autópsia, pois o médico já havia constatado a morte. Nem me lembro direito do que fiz naquela hora. Só sei que saí e vaguei muito pelas ruas, a pé. Não me pergunte onde estive, que eu não saberia dizer. Mas isso não tem nenhuma importância.

TRANSPARÊNCIA

Entrei em queda livre no vazio. Neste fim de ano, passados alguns meses daquela violência, caí em algum lugar entre a guarida de minha mãe e a camaradagem de Patrick e Marcelo. Aos poucos fui reencontrando algum sentido em transitar pelas ruas, pelo trabalho, pelas relações com os outros. Afinal, a vida tem de prosseguir. Durante algum tempo, porém, tudo era uma dor absurda que me prostrava como a um deprimido prostrado em sua dor até o último grau. De algum modo vou me recompondo agora, como se colasse lentamente os cacos de uma porcelana que se quebrou. Tal como a porcelana recomposta, jamais serei o mesmo, carregarei para sempre as marcas do meu trauma. Quem poderá, por mais próximo que se encontre, decifrar o mistério do outro? Não deciframos sequer nossos próprios enigmas.

A vida tem de prosseguir. Tenho uma filha ainda pequena, da qual preciso me aproximar mais. Preciso até mesmo estabelecer uma relação mais respeitosa e colaborativa com sua mãe, um dos fantasmas de minha casa assombrada com quem posso tentar encontrar alguma forma de reconciliação. Não quero mais brigar para mostrar que tenho razão. Quero apenas estar bem.

Tenho minha mãe, minha irmã, três ou quatro amigos. Outro dia fui com Patrick a um bar situado defronte ao local onde ficava o Unicórnio, que agora já não existe mais. Tomando cerveja, relembrávamos acontecimentos da única noite em que Lisandra e eu ali estivemos, uma noite que mudaria o curso dos nossos destinos. Patrick mencionou, em tom de brincadeira, a minha teoria da casa assombrada do amor. Por fim, sacou do bolso um porta-copos do Unicórnio, com a forma e a figura do animal mítico que constituía a identidade da casa, e deu-o para mim como uma recordação daquele dia, ocorrido cerca de quatro anos antes. Eu o guardarei como uma relíquia de um momento fundador. O unicórnio, ao menos aquele unicórnio, tornou-se um mito também no meu panteão particular. Chego a pensar em mandar tatuá-lo no braço, como uma recordação permanente daquela noite, como fez Lisandra.

Na semana que vem, voltarei para minha casa. Preciso voltar a estar bem na minha solidão e retomar minha privacidade. Anteontem passei por lá. Revirando uma gaveta da escrivaninha, no quarto, encontrei um caderno de anotações que eu costumava fazer sobre coisas do dia a dia, há muitos anos. Não chegava a configurar um diário, como o que tive em parceria com Lisandra, pois tais anotações, além de muito esporádicas, estavam misturadas a toda uma confusão de contas a pagar, listas de compras, desenhos, frases copiadas de livros, ingressos para eventos culturais, passagens relacionadas a viagens, recibos... Minha mente agitou-se em lembranças quando dei com esta nota, escrita numa das páginas, com caneta azul, na noite seguinte àquela no Unicórnio:

> Saí ontem com Patrick e Marcelo. Nossa intenção era apenas realizar uma confraternização entre amigos numa mesa de bar.

Mas inesperadamente duas moças sentaram-se na mesa ao lado da nossa e puxamos conversa com elas. Acabamos, por sugestão de Patrick, indo todos terminar a noite num estabelecimento *gay* nas proximidades, que tem o unicórnio como tema. Lá, tive uma noite muito intensa ao lado de Lisandra, uma das duas moças. Houve o insólito de ficarmos juntos num lugar como aquele. Houve uma estranha experiência com uma droga sintética, o *ecstasy*. Houve uma conexão verdadeira de corpo e alma que, sinto, não terminará jamais. Quero reencontrá-la, estar com ela – sempre. Não vou mais entrar no sistema do consumismo amoroso, esgotando logo os meus relacionamentos pelo uso e readquirindo outros numa sucessão sem sentido nem finalidade. Sinto que vou amá-la! Sinto que já estou amando-a!

Acabei trazendo esse caderno para cá. Além dele, ficaram comigo uma série de outras coisas de Lisandra ou que imediatamente trazem-na à memória. De imediato, se tiver de fazer um inventário dessas recordações materiais, eu me lembraria das seguintes:

- nossas fotografias na memória do celular;
- as mensagens que trocamos pelo celular, ao longo de quatro anos;
- um recado manuscrito para que eu trouxesse uma garrafa do vinho Casillero del Diablo, um *cabernet sauvignon* chileno de que ela gostava, para comemorarmos juntos seu último aniversário num jantar caseiro;
- o livro *Carta a D.: Uma história de amor*, de André Gorz, que lhe dei de presente em nosso primeiro ano juntos, e ela adorou;

- uma pequena foto dela, impressa, que ainda carrego na minha carteira, por detrás de uma transparência;
- dois elefantes decorativos sobre a mesinha de centro, na sala de casa, pois ela tinha a superstição de que esses animais trazem prosperidade;
- um ímã de geladeira que trouxemos de nossa visita à Chapada Diamantina, com a imagem de um vasto cânion ladeado por três grandes mesetas;
- uma samambaia que mantínhamos na sacada do apartamento;
- um par de sandálias de salto alto;
- uma *legging* para a prática de ioga.

Tais são algumas relíquias de tudo o que vivemos juntos e se perdeu. Ou se ganhou, dependendo do ponto de vista. Não são peças de um museu particular, mas coisas, cada uma delas, que possuem uma história e compõem um pouco daquilo que hoje sou. Lisandra hoje habita e habitará para sempre em mim.

Depois de tantas rupturas, depois de perder novamente o amor como o perdi, a casa assombrada do meu coração já vai ficando tão povoada de espectros como um sobrado antigo. O que se pode fazer? Nada além de seguir a vida, cultivar o amor de quem se importa comigo, estar aberto para o novo amor que eventualmente vier, se vier.

Hoje é sábado, 31 de dezembro de um ano que não vai terminar jamais. O céu está claro, sem nenhuma nuvem, com um sol abundante a derramar luz e calor sobre a cidade, o que paradoxalmente obscurece ainda mais meu estado de espírito com esse resplendor de véspera do *réveillon*. Ao fim da tarde, como costuma acontecer nesta época do ano, uma tempestade poderá desabar... como costuma acontecer também em qualquer época da vida.

Pela janela do táxi que me conduziu, vim para cá olhando em silêncio a gente anônima que se movimentava de um lado para outro, na desordem das ruas. Cada um daqueles desconhecidos carregava seus dramas e seus fantasmas, alguns, por certo, até mais impactantes que os meus. Sentado agora no alto de uma colina, contemplo a movimentação das gruas sucateiras neste ferro-velho localizado às margens da cidade, para onde são enviados os carros destruídos em acidentes, os que de velhos param de circular e, comenta-se, até veículos furtados em diversas localidades da região, ali desmanchados. Já faz algum tempo que observo o trabalho dos dois enormes braços de ferro com suas garras a pegar as carcaças dos automóveis esmagados, levantá-las no ar e transportá-las para uma montanha metálica numa extremidade do terreno, antes que elas sejam levadas para a trituração. Completam esse quadro o barulho produzido pelas máquinas e o constante entrechoque de grandes peças metálicas, o musgo que se forma nas áreas de menos atividade, subindo pelas estruturas dos carros ali abandonados.

A montanha de sucata reflete o tumulto que neste momento agita o meu peito. Por isso preciso estar aqui, diante do cemitério de automóveis, como se estivesse diante de um espelho de meus sentimentos. Afinal, meus afetos também estão sucateados, meu mundo também foi tomado pela desarmonia de vários ruídos... Meu peito também é um cemitério de automóveis – vasto, rumoroso, intratável.

Sentado na colina, diante desta visão do caos, recrio mentalmente um mito muito caro à minha juventude, lido num livro antigo. Em tempos imemoriais, houve uma época de ouro em que a humanidade era andrógina, composta por seres bissexuados, esféricos, completos e perfeitos, dotados de grande força e inteligência. Essa autossuficiência, porém, acabou por fazer com que os homens incorressem no descomedimento e desenvolvessem grande presunção, de modo que se voltaram contra os deuses e resolveram escalar o Olimpo para atacá-los. A punição de Zeus a essa desmedida foi imediata, impiedosa: fomos cortados ao meio e separados em dois. Em seguida, uma das metades foi destruída e a outra misturada com todas as outras metades, definitivamente mutiladas, que agora possuíam apenas um sexo, sendo masculinas ou femininas. Apolo foi encarregado de virar o rosto das metades sobreviventes e esticar-lhes a pele sobre o ventre. Apenas uma abertura na região frontal do corpo, o umbigo, foi deixada, para que nos lembrássemos do ocorrido. Nada nos foi dito sobre a aniquilação de nossas metades, e passamos a acreditar que elas estivessem apenas perdidas no vasto rebanho humano. A partir de então, cada um de nós passou a manifestar uma forte sensação de incompletude e uma ânsia de reencontro da inexistente metade extraviada, para poder restaurar a unidade plena. Em momentos passageiros de nossa trajetória, vivenciamos uma ilusão da antiga completude restaurada. A isso chamamos amor. Mas há o confronto com a realidade, que nos faz enxergar enfim a metade incompatível. Dá-se o irremediável. Então a casa do amor será habitada por mais um fantasma. Até que a morte a derrube. Até que se imponha a eterna transparência do nada.